我的光荣和梦想，永远写在水上

不系之舟

朗诵诗集

马永波 著

中国国际广播出版社

目 录
CONTENTS

第一辑　自然篇 | 雪落在雪上　　1

我爱看雪地上的印迹　　2
野地天堂　　4
通往大海的路上　　6
在山中过夏　　8
朗诵　　9
临海之窗　　10
一匹白马向我奔来　　12
林中小溪　　14
瞬间　　15
交谈　　16
迷途　　17
崖葬　　18
春天将临　　19
度过一个真实的夏天　　21
关于这场雪　　23
秋天　　25
秋天的明净　　26

深秋　　28
秋天开始了　　30
雪的消息　　31
扫树叶　　32
早晨和夜晚的鸣鸟　　33
窗上的霜　　35
秋湖谈话　　36
爬山记　　38

第二辑　情感篇｜父亲的灯　　41

父亲　　42
父亲老了　　44
与母亲跳舞　　46
母亲颂：火的连祷　　48
给春日归家的二哥　　50
情诗　　52
白杨　　54
远离那个夏天的正午　　56
给大玲的黑白照片　　58
回忆　　60
你存在着就好　　63
风吹寂静　　65
空旷的春夜　　67
我曾经爱过你　　69

晾衣服　71
自传　73
那时你正在麦田里　75
暮春的最后几天　76
夏天纪事　78
雨布和草地　80
友谊　81
钢琴曲　83
从罗汉巷到仙鹤门看望远帆师兄路上有感　86
生日诗　88

第三辑　心灵篇 | 纯粹的工作　91

又见春天　92
北国之春的回忆　94
瞬间　96
黑暗中的雨水　97
男人　99
审判　101
平静是心灵的智慧　103
睡着的男孩　105
天使　107
诗艺　110
我时常望着远方　112
一天将尽时的祈祷　113

哈尔滨初秋的晚上　114
深夜的酒　116
灵魂致沉默的肉体　117
上午的阳光　119
水晶树　121
静谧的好时光　123
立冬日的雨　124
近乎于一种责任　126
纯粹的工作　128

第四辑　世界篇 | 纸上深秋　131

有人在爱着我　132
歌：献给萨福和海伦　133
寒冷的冬夜独自去看一场苏联电影　135
尤利西斯的暮年　137
开往雪国的列车　139
黎明的火车　141
夜宿拱宸桥畔　143
冬天的一只苍蝇　145
寻找我的萨福　146
我不认识我的灵魂　147
浦口火车站　149
你是你自己的远方　151
我承认　153

酒神颂　155
葡萄酒颂　158
不系之舟　164
纸上阳光：给一位青年诗人的信　168
我生死相依的泥土　174

附录：相关评价辑录　178

第一辑

自然篇｜雪落在雪上

我爱看雪地上的印迹

我爱看雪地上的印迹
每一行都是一个想法
有的在路边印上拖拉机履带印
向灌木丛开进了一段
又犹豫了,绕到路上
居然有人跟着又踩了一遍
有的一直延伸了很远
却突然断了,绝望了
结果你在尽头会发现一堵墙
墙根下的雪已被尿液变黄
又一场雪过后
这些脚印的轮廓先是变得臃肿
像浮雕一样,然后慢慢消失

譬如有人出于经济学的考虑
抄了条近道,他在雪地上留了条痕迹
于是有人跟着走,成了条路
路上的雪被踩实了,变黑了
又有一个人也在雪地上留了条痕迹
绕了一个弯子,却纯粹是出于好玩
除了他们的共同之处在于都没走正路
你能分清他们的动机吗?

我渴望看到小动物的足迹
狗的，或者鸟的。可是很少
我只知道雪地上纵横交织的小路
都会汇合到更大的路上
最后汇合到马路上，消失
连同雪花一样纷乱的想法

2005 年 1 月 26 日

---

* 几行雪地上的印迹，让诗人浮想联翩，不仅是现实上的，还是美学上的。在读者那里则唤起各自不同的触动。诗人自己"渴望看到小动物的足迹"，这里流露了诗人个人的情感指向和回归。——远人　评

野地天堂

田野向一棵大树的浓荫汇聚
我和你,坐在树下
远处,有懒洋洋的云朵
路边,有银光闪闪的坟墓
我的头枕在你腿上
闭上眼睛就能找到你苦涩的呼吸
悄悄睁开,便能看见
你披覆在我脸上的金发里
新生的嫩枝和珠宝

我的手像树皮一样硬而粗糙
我知道丝绸的滑腻和凉爽
可你不穿它们已经很久
我也早将书卷抛在越来越深的草中
让虫鸣停顿了片刻
水瓶翻倒在地上
农具散落在一旁
我们来时所乘的白马已经沉思着走远

树影缓慢旋转,亲爱的
我们是否也要跟随
如果你的头发飘起

那一定不是我的手指
它们已经在白生生的草根下发芽
如果夜里周围有走动的脚步，不必害怕
那是我们早已不在人世的朋友，像一支大军
沉默地围绕着我们挂满星斗和犁铧的树

---

* 纯粹的情诗很容易流于肤浅。这首诗读来却令人体会到一种时空中短暂和永恒的交织。诗歌的场景看起来很小，但诗人的情感的领域打开得很宽，这不仅是对诗人技艺的考验，更是对诗人内心宽度和深度的考验。——远人 评

通往大海的路上

通往大海的路上,走着一群手舞足蹈的人
他们鲜艳得像六月可爱的水果
像南风吹拂的鸟儿羽色斑斓
他们要去海上举行婚礼,有的陈旧有的新鲜

通往大海的路上走着我俩
远远地离开人群,拨开细密的阳光
路旁的蜂箱流响着金蜜
树林中有萝卜喂养的天使
我们歌唱着爱情,快乐地走在大路上

我们的船在瓶子里
我们的饮料在骨头里
我们出了垭口就看见了闪光
大海在前,召唤我们前往

一列绿透的山岭夏天的一列快车
逐渐变黄变白,拖曳树林的乌云
提供另一种可能
高潮过后的谷物倒伏四野
棉桃的手镯沉在小小的水潭

唱着去跳着去拉着手去眼睛望着眼睛前去
大海的闪光映亮了天空
一家红色的农民，守住陶土的作坊

知晓海底秘密的龙虾，多刺的草莓与青果
山毛榉和胡桃组成情人的天空
红色的水滴高悬海滨的集市
渔村中流传我们散佚的姓名
风景在风景中错动，石在石中
我们在路上，不会背过身去

我们走了许多年我们想了许多年
我们总也没有到达黄金的海岸
有人拐入如歌的绿荫
行囊抛在屋顶，站在田里遥望
他们心绪平和，自由的庄稼种向海边

歌声渐渐疏落，又一个人离开大路
把一汪水塘望得更深
相信他模糊的影像不会消亡
我们松开双手，天上的石头亮得耀眼
通往大海的路上，走着两条活泼的烟缕

---

* "通往大海的路"其实就是一条人生的路。人生的复杂造就诗人情感的复杂。这里的复杂预示诗人对路上和远方的一种渴望。——远人　评

在山中过夏

在山中度过一个夏天,你采摘浆果的手指
得到了蝎子的警告,你在它的关节里点灯
离得远远的,看入夜的山庄阴影晃动
而深夜归来的人满身泥土
兴奋,不眠,像乌鸦在窗前走动
柿子无风自落
挂满灯笼的果树一片寂静
珠翠满身的蜥蜴
在道路转弯之处
绷紧肘部,等待历史

夜里总好像有人在地里忙碌
搬开石头,寻找些什么
无人驱策的有篷马车
总是透出神秘的红光

那个夏天似乎充满了命运的暗示
在鸟声的间歇中,活着的人头发越来越少
我们一直散步到山巅,月色笼罩的水库
唱歌,谈笑,敲着酒瓶
听身后的风声大步下山

朗诵

我朗诵。"我们不知从何处来。"
我们攀登铁塔,扶着满是露水的梯子
我朗诵。"我们不知为何来。"
雾气在周围缭绕,如呼吸模糊了视线
我朗诵。"太阳在升高。"
空气越来越湿润,裹着树梢
我朗诵。"我们曾经来过。"
回声把山谷推远,蛛网上光芒闪烁
我朗诵。"太阳在驱散晨雾。"
半圆形的彩虹把我们投影在圆心
我朗诵。"林子越来越亮。"
深处的小动物都不作声
"我们是否到过那里?"
下山时我还在朗诵,但声音越来越低

---

* 这是一首非常奇妙的短诗,它可以是瞬间,也可以是漫长。诗人抓住的是古往今来的哲学命题——"我们不知从何处来",哲学的底牌很难翻出。也正是难以翻出,哲学的提问才令人难以找到答案,但它能给诗歌增添无穷的魅力。——远人 评

临海之窗

转向大海的脸迎头遇上了日光
又长又宽的波浪缓缓退向天边
海洋屈服于正午透明的威力
让我们望见更多的事物
高处白色的墓地,倾斜的屋顶上
鸥鸟散步

每一场新雨都会替我们写下诗句
林间的松菇,阶上的苔痕
到夜里你就是水妖,披散开头发
等我熄灭最后的灯盏
你轻轻的歌声令海岛在梦中辗转
抖落下烟雾,月光,果实

雪水愉快地流进悬空的木槽
头顶牡蛎的野兽目光迷离,在屋后徘徊
当我在黑暗中寻找你的双手
你怀中蓬松的水鸟
大海会在沉默中动荡不息
那是南风下的河流向黑夜不停地奉献

我不会羡慕任何人,我不会再想到

往昔。没有荣耀,没有耻辱
世上再没有什么,与我们有关

蜂箱里会整日流淌欢乐的歌
四季的风带来泥土和种子
也带给我们疲倦的满足
没有天使,也没了恶魔
我们能爱多久就爱多久

---

* 马永波的抒情诗总是与他人不同。他总是在简单的陈述中插入或者不自觉地流露某种"未知"的打扰,哪怕他不羡慕任何人,不去想往昔,但生活从来是环环相扣,所以最后的"能爱多久就爱多久"中内蕴了人生的某种感伤。诗歌可以写得很美,但有时感伤也是一种美,它甚至是一种不深入就无法体会的美。——远人 评

一匹白马向我奔来

一匹白马向我奔来
褐色的树林头巾一样展开

一匹白马向我奔来
大地缓慢地开始倾斜
从幽暗中倾倒出一条银线

一匹白马向我奔来
撒到泥土里的种子跳回到开裂的手掌
折断的角回到独角兽的头上

一匹白马向我奔来
泉水里的落叶回到树顶
苹果变回成花,变回成瘦小的拳头

一匹白马向我奔来
它在奔跑中渐落形骸
死者坐起,还有些茫然

一匹白马向我奔来
不知是初春,还是秋天
我突然变成了一群人,如花怒放

一匹白马向我奔来

它径直穿过了我

像穿过一扇还在震颤的门

---

* 现实中的任何实体，都可能在诗人笔下转换为某种隐喻。这首诗中的"马"肯定不是现实中的马，而是诗人寻找的某个意象，所以它能步步深入，在读者那里唤起各种不同的感触。我一直觉得，不论马永波写什么主题或者使用什么手法，都从来不悬置生活，只是看截取什么样的意象更能恰如其分地表达自己。——远人 评

林中小溪

忽远忽近的水声把我们诱到
这一片闷热的林中,一座腐烂的木桥
把我们从白昼渡到野花的膝头
枝叶掩藏的小溪清澈见底
从容地流过我的脚面。"刺骨的冷
将变成火焰一样的烧灼……"
我只能尝试着走出五步
时高时低的水声测试着溪床的坎坷曲直
水底游动细小如针的黑影
溪水在转弯处冲激出一个小潭
就在我们打算沿溪走上一里的时候
潭水上一阵嗡嗡的黄蜂让人却步
它们围绕水中一根断桩不停聚散
仿佛在争吵。这时,最好从上游
漂下来一件村女杏黄的衣裳
和一顶插满野花的草帽
对于溪水通向哪里,我们一无所知
正如我们对事物的爱,只是冰冷的火焰

---

* 与古典时期的大自然相比,今天的大自然已不可能独立在人之外。诗人还是渴望能与大自然进行古典式的倾心交谈,但现代元素介入,使大自然的色彩不再单纯,所以这首诗读起来有古典的表面,又不失现代的元素。——远人　评

瞬间

这个瞬间如一粒沙子落入水中
消失在其他的沙子中间
你先是看见水面和水底的双重波纹
然后是树木的倒影渐渐清晰
黄昏辽阔起来。在你之前它一直如此
天空缓缓旋转粗糙的群星
你还要恐惧什么,你就是沙粒
风和星空,你一直是部分
也是那永恒存在的整体
水声使黄昏的山谷向明月之杯倾斜
你可以听见沙子渗出石头的声音
人世的灯亮了起来。生命孤零零的
我们离开后,黄昏将继续
我们从永恒中抽取的这一束湿润的枝叶
沉甸甸的,带着树脂的芳香

---

* 这是一首"确认"之诗。诗人面对世界,总希望能拥有自己的确认。在马永波这里,他的确认就是从黄昏、星空、山谷、灯光等目睹中开始,"从永恒中抽取的这一束湿润的枝叶"。从这里看,人唯有到达确认,才有资格和"永恒"产生联系。——远人 评

交谈

清风徐徐吹开了晨雾,这是又一日
我试着和你们交谈,试着
把自己想象成你们的一员
我的语言犹豫、生疏,如花粉
粘在鸟舌上,如颤音从石缝中传来
我必须找到它,找到它吐露的金砂
在一场雨后,我必须把路上的石头
放回原处,或是一脚踢下山谷
这是简单的,但无法重复
一种无法找到动作的心情
与未来保持了一致。如何能复活
早已失传的语言。当晨雾散去
昨天又是一天,是无言也无心跳的七千年

---

* 这首诗和上一首诗一样,都是追寻"确认"。不同的是,这一首更进一步,在"确认"后希望自己能成为永恒中的一员,因此"确认"只是开始,下一步则是寻找。诗人在寻找中发现"一种无法找到动作的心情/与未来保持了一致",这就说明,诗人在自己的寻找中体会到寻找也是永恒的一部分。——远人 评

迷途

秋天的时候,我还在为你写诗
写得无声无息。你早已离开原地
乘另一趟车回到了城里
我还在山中和流水、树叶、蜂鸟纠缠
以为你还在我身后,林间的光线一样
悄悄移动。我想采集更多的野花
装饰简陋的梦。树脂滴入水中
野花的喧哗一浪高过一浪
我忘记了时间,忘记了
我们不过是匆匆过客
我不知道下一趟车是几点
我坐在枕木上,野花伏在膝上
林子里突然静下来
这片荒凉已很久无人造访

---

* 这首短诗让人十分着迷。诗人为自己还原了一幅自我肖像:"你"离开了,"我"还在这里"为你写诗"。这种景象似乎就是诗歌本身的景象。"我"没有和"你"一起离开,原因就是"我"更愿意守在永恒当中,哪怕看到的永恒只是一片"荒凉",但承受荒凉,恰恰是诗人内心的职责。——远人 评

崖葬

远远的,那片褐色的悬崖
下面是平静的河水,朝南的崖壁上
有许多半圆形的岩洞,类似于陕北的窑洞
每个洞口都立着一块碑
河水拐了一个弯继续向城市流去
而村庄就蘑菇一样散落在河湾的草丛中
不远处一个废弃的采石场
像山的一个灰白色伤口
那些被阳光照亮的悬崖
和阴暗的松林交替出现,越来越多
河水始终平静地映照着它们
把生和死隔开,又同时把二者灌溉

---

* 从广义的角度看,诗歌的功能就是呈现事物,并不需要诗人自己的言说。马永波非常理解这点,所以在面对事物之时,他笔下就是完全的呈现。只是,诗人终究会被自己的情感催促,但这时登场的情感,不是肤浅的感慨,而是对生命自身的终极呈现,"把生和死隔开,又同时把二者灌溉"。从诗的末句看,诗歌还真不是要去升华什么,而是更深入地呈现人生更本质的一面。——远人 评

春天将临

在春天将临的时间，母牛擦亮了铜灯
冰凌被孩子们陈列在稻草上
正如我在门边微笑
一下子恢复了记忆

冬天的一艘破船还停在门边
当阵风吹过，过冬的雌蜂会从船的缝隙里钻出
它还有些笨拙，有些单薄
它最初的庇护是一片爆竹的红纸

蛹在泥土深处辗转
梦见雨水，幼鹰，孩子试探的手指
在八里深的山谷中，响着的
是流凌，也是边疆的广播
书卷将显得陈旧，狗的神色迷茫
它的脊背掀动夜的黑浪
谁在这时折断柳枝，谁就能生活
并用一只残雪上的雉鸡，替自己写下札记

我的爱人将清理余烬，擦洗杯盏
微微发胖，像一只产后的母猫恢复了记忆
惊讶于墙上的光影很久都不移动

从窗子里已能望出去很远

我们将在长堤上散步,买一些过期的报纸
像两个与世隔绝的人贪婪地阅读
直到铅字随一群麻雀飞过了树梢
向布满裂缝的湖上飞去

蒙着窗台的兽皮上热气浮动
院子里的咳嗽声越来越响
当我从雪堆中捧出孩子通红的小脸
我看见你湿漉漉的刘海,你眼中的光

风声越来越近,这是春天将临的时间
我顶风回家,紧紧抓住大地
正如奶水溢出桌子,树站在屋中
我们像两只久病初愈的猫,互致问候

1994 年 2 月 27 日

---

* 有生活经验的人,都体会过生活无不以"碎片化"的形式出现。一首诗的作用,很大程度上就是将碎片连接。这首诗是马永波碎片化表现的范本。读者只看到一组互不相连的画面,但又给人一种内在的线索,所以在诗人那里,无论多么零碎的生活,都有本质的联系,这需要诗人对生活和表达手法有开阔的视野和力度。——远人 评

度过一个真实的夏天

度过一个真实的夏天，盘滞在山间的云块
染上了树林和野花的色彩
在洪水到来之前，一抹微光
已提前穿越了那一片洼地的灰暗

在洼地与峭壁之间
在耀眼的那一片荒凉的海滩
当日光加深你脸上的黑痣
我愿意让你走近，我愿意与你相认相知

当岩石填满海滨空旷的傍晚
海水没顶，鹰巢中滚动着雷声
我们的地板上满是蜗牛白色的印迹
起风之前穿过洼地的人，将成为我们的第一位客人

一个夏天转瞬即逝，黑夜的左侧水声平缓
那是大地向海洋不停地奉献
运送泥土的南风转换暗中的幸福
一个夏天的损失将被逐渐清算

红旗低垂，洼地里一片盐碱的反光
报纸潮湿地卷起，藏匿了夏天的虫卵

踩在脚下的牡蛎，转眼成了头颅上的灯盏
我们是仅有的人类，在另一个世界面前

把岩石赶下大海，地下的耳朵
听见了将临的寂静，在没有瓶中信到达的傍晚
我们将收集棕色的漂木，收起模糊的日记
而当冷雨擦亮了灯盏，我们的家中白蚁成群

秋天将留给辽阔的眺望，留给沉思，握紧一把死亡的种子
垂直的正午，潋滟波光将映上木制的围栏
我将靠在门上喝水，疲惫得说不出话
我将有一个孩子，在波光后面安眠

1994 年 2 月 27 日

---

* 这同样是一首"碎片化"的诗歌，在诗人笔下，所有的碎片都集中在一个夏天。马永波用蒙太奇似的手法，将抒情与事物的呈现交叉糅合，产生出极大的阅读快感。——远人 评

关于这场雪

这场雪带来了沉寂
带来了颤动的马达，距离和思念
在大脑的两岸上堆积白色
松软的雪片从枝头撒落
但我并没有看见鸟儿起飞前
树枝的下沉
墙，车子，倒下的树木，门，生火的小屋
雪使事物的轮廓臃肿，将无关的东西
连接成一件奇异的雕塑
或童话里的怪物
这场雪使车抛锚
使许多人迟到，空闲下来
雪减慢了生活的速度
让单车后座上儿童的眼睛更加明亮

雪在昨夜落下，无声无息
夜里我梦见无希望的父亲
奇迹般恢复了过来，只是
植入胸口的塑料总在生长
我激动地扑到他身上
母亲在一旁欣慰地笑着
斯奈德说过，雪是人世间唯一可靠的事物

像死亡，永恒和虚无
我没有想得更多。父亲在六十岁时死去
在一个炎热的夏天。现在我站在雪中
我想到的只是几个简单的词语
树木，沉寂，路上肮脏的扑克牌
想着这才是十一月
这场雪只能停留很短的时间

---

* 第一、第二行出现的"沉寂"和"思念"，就表明了这首诗有不寻常的内容。果然，到第二段就一目了然了，这是一首怀念逝去亲人的诗。悼亡诗并不好写，名篇也多。马永波这首诗将独出机杼和深切情感糅合在一起，以"雪"为核心意象，使全诗在感伤中充满冷峻，产生出强烈的阅读冲击力。——远人 评

秋天

就在这时,灯灭了
我们重新回到黑暗里
水杯还在手里,白色,温暖
我们坐在黑暗中
不再谈论艺术
门"哐"的一声打开
像一种警告
好像有什么就要出现在门外
大风涌进房间
顷刻卷走了我们的呼吸
只听见风声、门窗声
和一阵急雨
破空而来之声
仿佛黑暗深处奔过一万匹烈马
仿佛骑士的剑盔铮铮作响
然后又沉寂在远处
把我们留在黑暗里
最后只有风吹过我们的房间
撒下潮湿的叶子
只有门开着
秋天,我们不说什么了

秋天的明净

删繁就简的秋天
不仅仅是丰收内部的荒凉
不仅仅是光秃秃的树枝上
群鸟合唱团的沉寂
还有你不再犹豫的转身
转向自己日渐衰败的身体
转向你的灵魂独自踏上的
那暮色已深的向天之路

不再需要说出什么
不再需要见证什么
不再需要勉强的现实
不再需要任何虚假的关系
不再需要任何人或物
来为你的灵魂做证

唯一可以信任的
只有你灵魂中对美的信念
至于美本身,是无处可寻的
那些若有若无的人
那些若有若无的事
都从你的心灵中彻底消失

曾经真诚的，你已经回报以
加倍的真诚，如今它们变了颜色
玫瑰变成了纸花，不需要葬礼和告别
转身，就是此生和来世
都再无一点干系

抛开吧，像一个战士孤身前进
抛开既往的一切
包括你终生劳绩的那些书卷
它们不过是暂时的战利品
你不能背着那些累赘前行
尘世浮名本是一场空
尘世情爱到最后都是伤害
抛开，彻底抛开，孤身上路

这是主的秋天
主的呼唤，祂已经把日晷
放在了你正直的道路之上

2021 年 10 月 12 日

---

* 秋天是个成熟的季节，也是个万物互相告别的时日。诗人也是如此，他要告别很多以前珍视的东西，去抓住灵魂最根本的渴望，他要抛开一切束缚，孤身上路，去寻找灵魂的归宿。这是一首虽然显得伤感但却充满力量的信仰之诗、决绝之诗。我们每个人最终都要进行这样的抉择，马永波率先给出了典范。——远人 评

深秋

我已离开最后的女人
城里再没有谁
与我相识
秋叶在身影里飘落
沉入水洼
我的靴子在响
水在落叶下流动

泥地上的树沮丧得说不出话
忘记了季节也会改变
脚上沾满发亮的水
风不时送来林外的消息
倾倒的马车上只有缰绳
红马在林边闪了一闪
我多想有一条小巷
在一个早上，让那马静静走过

城里再没有声音
阳台上的小瓶子还在闪烁
玻璃门的把手轻轻转动
同一个时刻，我将在那里醒来
让门开着

我将拍拍头发

深秋已来临

风衣代替了祝福飘在身后

路上再也见不到真正的女人

我将在落叶中走着

找到另一条路

让背影出现在

开阔地上

---

* 很难说这是一首简单的情诗,尽管诗中有一个离开的"你",而诗人也在渴望"你"的背影出现在开阔地上,但纵观全诗,诗人始终在展现一种秋天独有的情绪。这也是马永波诗歌的一个特质,总在情景交融中带给读者一种复杂的情绪。这也是诗歌自身应具备的功能。——远人　评

秋天开始了

天色昏暗,是北方秋天最愁惨的颜色
风也大了起来,透着些冰冷的消息
万物都在彷徨着告别,又不知道向谁告别
这样的时候,就连街上的车也显得疯狂
随时会有意外的动作

这样的时候,最好是猫在家里
在床上,围着芳香的被子
在音乐和热茶中,翻翻闲书
这样的时候,唯有美酒、诗歌和爱情
才能暂时打破内心与外物的契合

不久,雨就会落下,落在屋檐下空空的水缸中
不久,雨就会带来一阵冷似一阵的天气
树叶将落光,街上的行人将散去
白雪和泡沫将出现在树梢

万物分崩离析,没有一只无形的巨手将万物托住
这样的时候,我们将会习惯,我们将会领悟
我们将会去爱一个人,有如爱一个正在转身的季节

雪的消息

在我的故乡,下雪
是时常发生的事情
那些我向他们打听过雪的消息的人
都消失在故乡深处
就像雪消失在天空之中

于是,寒冷从一个词中渗透出来
像从石头内部泛出的霜
一些人呵着气回来了
他们没有名字却显得非常熟悉

因为下雪,在我的故乡
是时常发生的事情
仿佛在汽车上,道路迎面而来
一些粗糙的景物被照亮
片刻后又是无穷的黑暗

---

* 作为远离故乡的人,总是会怀念故乡最独特的风景。由于北方多雪,雪就成为身在南方的马永波最为思念的事物。他的表达一如既往,在一种情绪的私语中营造出北方的景象,而这一景象并不单纯,而是充满人与事的交织。所以在马永波笔下,写出的诗歌也从来不单纯,而是以复杂的感受拨动读者最隐秘的心弦。——远人　评

扫树叶

庙门前,树上的银杏
早已被青衣的僧人拣走
只有黄色的叶子还剩在枝头
等待一阵阵风的摇落
它们在半空中打着旋
在秋雨后湿湿地粘在石阶上

那些被带回僧舍的银杏
脱落了果肉,已经逐渐干燥
将香气紧缩起来
而山中的叶子越落越快
和往年的叶子一起撒了满坡
只有庙门前,还不时有人出来打扫
东一下,西一下
毫不奇怪叶子会边扫边落

他知道,黑暗中叶子落得更快
那些还留在树顶上的
就仿佛放学路上玩晚了的孩子
在潮湿的灯火中犹豫
被满山的沙沙声惊吓,突然加快了脚步

早晨和夜晚的鸣鸟

这是一首分成两部分的诗
就像白昼和夜晚组成一个完整的日子
可是我却不在那个日子里
就像有两只鸟在一片林子里叫
彼此看不见,也听不见
林子被光线分成明暗的两半
或者干脆就没有什么鸟
林子里只有两片黄色的叶子互相摩擦

不过早晨总会有一只喜鹊
他沿着道路走来,和小男孩一样吹着口哨
背着手,吃饱了小肚子,因为不用上学
而感到满意。他一路东瞅西望
灰色的羽毛上镶嵌着蓝色晨光
有时突然猛冲进灌木丛
让那里抖动得像一只蓬松的鸡
又从另一边钻出来,搓搓手,若无其事
你要是遇见他,要给他让路鞠躬问好
他不会理你,只会把越来越深的眼珠转向树梢

而夜晚的鸣鸟却始终藏在半空的黑暗中
到午夜越发密集,在几棵水杉周围

好像一群孩子翻翻滚滚打成一团
这回轮到我吃饱了,背着手
因为不用上班而感到满意
在只有小路发亮的林中散步
像个小男孩吹着断续的口哨
像童年重新接起来的断掉的皮带
而鸟鸣,总会在口哨响起时戛然而止
稍后,便会更热烈地响成一片

---

* 这首诗采用了对称手法,分别以喜鹊和自己为主体,以树林与自己对大自然的进入刻画了一个现代人面对自然时的感受。马永波极为擅长对大自然的书写。特别出色的是,他描写大自然的篇章总能让人感受到一种现代的色泽,这其实就体现了诗人突出的诗艺,这种突出建立在他始终保持内心的真实吐露上。——远人　评

窗上的霜

已是春天，窗上的霜渐渐稀薄
它曾在玻璃上画下远山和纠结的树丛
它曾把一个少年引上无人的小径
让唯一亮着的灯陷在下沉的网中
当然，这些都是回忆
它无法挽留正在消失的一切
让那个少年在窗上走出更远
直到今天——一个白色的陷阱
无疑，霜是冷暖交战的产物
在夜里，像一群孩子扒着窗户
窥视我们温暖的生活
睁大晶状的眼睛，而阳光最初的闪耀
也是从窗上的霜中开始的
越来越响亮，像一阵赞美
我趴在窗台上，看窗上的花纹
渐渐化成一片水汽
和我的呼吸一起，把窗子变成氤氲的镜子
我们就透过这模糊的镜子观察事物
在语言和真实之间，触摸到潮湿的冷意

2001 年 3 月 11 日

秋湖谈话

外部世界也就是内心世界,比如
松树遮暗的湖上一个人细数胡须
然后去数蓝色的飞燕草,因此看见
船头插入了沙岸:我们进入内部世界的方式
似乎有些粗鲁,但或许没人会受伤
在那里会拾到些什么?残缺的贝壳
脚印?还是一些怪异的树枝

远处的沙洲传来野鸭孤寂的鸣叫
它们像遗弃的锡罐,一只一只
隔得远远的,几乎没有光泽
偶尔有一只,挣脱一小片云影
又降落在另一片云影中
为什么你把这些:秋湖,叶子,我们
皱巴巴的耳朵,呼吸和风之间的思想
称作你的内心世界,尽管

没人会对自己每一件事物中的形状
感到满足。薄雾是从湖上
还是从你的眼睛中升起
你看不见我。我已经沉默
可你以为我依然在说

说着你想象中我该说的话
(汩汩的水声更清晰了
湖有一处出口,流到下面的一个地方?)

如何想象湖的阴影,一首诗的阴影
或者一首诗的赝品。沙地。狗。太阳亮了片刻
这有意义。你的自我是石头,草,水中的鱼
(或者棍棒,数字,岛屿)
那么你又是谁?挣脱内心的片片云影
看见船切开了绿色的水面
听见野鸭潜入内部世界前沙沙的振翅声

1995 年 10 月 26 日

---

* 诗人都渴望进入"内部世界"。还可以说,除了对思想本身有着深度掘进的写作者,很少人会对"内部世界"有更清晰的体认。更可以说,一个诗人的内部世界就是诗人不断深入的自我内心。内心的深远才造成表现的深远。这是对一个诗人是否具有独自与世界对话能力的考验。马永波的这首诗体现了他对考验的接受和完成。——远人　评

爬山记

她快乐地叫了一整天
也没有惊动山顶的积雪
雪是从山腰开始下的
越往高,房子越多
屋顶也积着雪,窗户都黑着

他继续爬山,从峡谷开始
一道泉水跟随他上升
它时而消失,时而出现
可石头的表面上还有潮湿
苔藓像晒干的灰色颜料

她有时在里面,感觉到一只脚的疼
深得拔不出来,于是她大叫
泉水又涌出来,有红色沙砾微微波动
疼痛缩得更紧了,像一个暗暗吃惊于
白昼光亮的胎儿

而他和泉水一样,时而在外面
时而在里面。他一直在爬山
他从不回应她,他总是那一个姿势
等到他的头发变成纠结的灰色灌木

她就能和他一起,到达那无人的山顶
那时他们会发现,山脚的屋子里
灯一直亮着,他们已经调换了方向

       2006 年 5 月 17 日

---

* 全诗以爬山为核心,"你"在爬一座真实的山,而"我"在爬一座写作的山。这种对应手法看起来陈旧,在马永波笔下却令人读出表现的魅力。这就是一个真正诗人的技艺展现。从写作时间上,它已是将近二十年前的诗歌,但今天依旧感觉新颖,所以真正的诗歌是可以穿越时间而存在的。——远人　评

第二辑

情感篇 | 父亲的灯

父亲

这个把一生献给光明的人
如今已进入黑暗
他的身体沉重得
像一个衰败的王国
我坐在他床边守候,这个人
我的父亲,病体沉重
输液管在响
是父亲的生命在流逝
或者回复
我不能确定
我转身去看外面的雨
亲人们还在不停地上路
他们总也没有到达
母亲在我的对面
自言自语,或者敏捷地奔去开门
我看着床上,这个人
小时是我慈爱的父亲
长大后是我倾斜的远方
现在,是我的一个孩子
他面容安静,双唇翕动
频频地梦见过去
(战争年代,马蹄窝里发黄的雨水

以及体内焚烧的石头）
也许，还有他自己的父亲和另一个地方
那里，不知有没有又一个他
正梦见此刻
晚上雨下得大了
去给父亲送水
白色的壶，像小鸽子
咕咕咕，咕咕咕
我要不停地叫
像小鸽子。在雨中
那些经过的店铺空空荡荡
像被雨掏空内脏的标本，龇着牙
龇着牙，我找不到我的童年
找不到父亲
我要不停地叫
雨衣像一只熊趴在我的背上
我不知该去哪里
这同一场雨
让两代人无家可归

1990年6月9日

---

* 马永波诗歌的一个特色是不论篇幅长短，都注重细节的刻画。现代诗也是细节的艺术。做到这点的关键在于诗人对细节体温的抚摸。在这方面，马永波的才情体现得最为淋漓尽致。——远人　评

父亲老了

父亲老了
早上点起的灯还亮着
谁也不知道父亲怎么就那样老了
那时我坐在墙角里
吃一块蛋糕
用手抠着里面的李子
我没有看他
什么也不知道

父亲老了
总要把广播开到最响
吃饭时筷子滴滴答答
狂风里的树
也滴着水
滴着水，枝干闪闪发亮

山上的云，拖走了一片树林
我没有想以后的事情
父亲从外面回来
如菊的手撩开结疤的树枝
我没有想以后会怎样
我还坐在墙角里

吃那块吃不完的蛋糕

那一天,仿佛总也没有过完
外面他编的篱笆,还是新的

1984 年

---

* 这首诗以童年视角展开,但又不停留在童年,而是透过现在时的语气,令人感受时光在过去和此刻的重叠。诗人感受远去的并未远去,此刻的也将成为过去。诗歌的魅力就从这一叙述的语气中涌现。——远人　评

与母亲跳舞

她把我的脚放在她穿塑料凉鞋的双脚上
我很小,仰头看着她
我们都在笑,转了一圈又一圈
不知道舞曲早已停息
我看见她鼻子上细小的汗珠在闪光
她凉爽的裙子轻轻擦着我的鼻尖
我们每转一圈,我就长高一些
直到能晕眩地埋在她的胸前
直到能平视她闪着恶作剧光芒的眼睛
直到我高过她一头
而她从三十岁慢慢还原成一个少女
我们像同学一样拉着手,避开众人
幽暗的森林不时升起绿色的信号弹
河水也在闪着光流进黑暗
她倚着大块的黑暗抽烟
她突然转过头看我,微笑一下
她的笑容像黑夜中的涟漪一圈圈扩散
她抽烟的姿势像个离家出走的富家女
她吐出一圈圈芳香刺鼻的烟雾
她把剩下的烟放到我嘴里
我在烟雾中咳嗽,越来越小
又成了那个四五岁的孩子

只是她不再微笑,只是透过烟雾
沉默地看着我。音乐重新响起
枝形水晶吊灯的光波越过露台
向森林和远山一圈圈扩散

> 2017 年 7 月 22 日

---

* 这首诗和上一首异曲同工,对往事的回忆中充满个人此时此刻的感受。时间对诗人来说,永远不是流逝了就流逝了那么简单,而是从流逝中体会人的记忆之重。生命从来都不轻飘。——远人　评

母亲颂：火的连祷

我的母亲是冰冷的火焰
我的母亲是海底的火焰
我的母亲是洁白的铃兰花的火焰
是摔碎的矿灯，我的母亲
是黏土的火焰

我的母亲躺在比死亡更低的地方
我的母亲在终点之外又走出了一段
我的母亲找不到自己的火焰
我的母亲每生下一个我
就像一支大的火焰
又颤抖着分出一支
我的母亲燃烧着穿过暴君的打谷场

我的母亲是头发的火焰
衣服的火焰，清脆的脚踝的火焰
是眼帘紧闭的微笑的火焰
是鸟儿一样轻盈的骨头的火焰
是透明的指甲，皮肤，细小的锁骨的火焰
我的母亲从筐状肋圈中漏下去漏下去
从纯银的戒指的空洞，从舌头的结婚地毯
从双手的圣杯，从秘密的耳郭

漏下去,从她黑格栅的炉膛漏下去

我亲手用沉重黝黑的铁车
把她迷失的优雅送入熊熊众火
我看着她的袖子灌满了火焰
她擎着膝盖的盾牌冲锋
火焰从她每一条骨缝里冒出来
像愤怒的来不及诞生的婴儿
我看见我的母亲在火焰中攀登
陡峭的狭径,把无数个自己一一剥离
我的母亲是暗红色的大提琴变得弯曲而坚硬
我的母亲是香柏木的独木舟
是没有记忆的少女,荡漾在她父辈的天空

2017年4月14日

---

* 这首诗读来有惊心动魄之感,诗人选择的场景是母亲去世后被火化的一刻。这种选择令人震撼,诗人从火焰的核心展开对人生最后的直面,所以,真正的诗都需要诗人有莫大的勇气。——远人 评

给春日归家的二哥

你选择江南最好的季节
回到依然寒冷的北国的早春
回到小小的克山县城
那里,你已经没有什么朋友
那里除了大姐,也再没有亲人
甚至父母的坟墓也不在那里

北方的春天缓慢而短暂
檐溜夜里生长,反复融化
有阳光的中午,去年的粪堆
会散发热气和发酵的气息
雪撤退到林中
傍晚的炊烟拉低了灰色的天空

母亲留下的老屋已无法居住
你要在城边租个平房,在院子里种菜
那里没有你惦记的人和事
你什么也干不了,可你就是要回去
离家三十年,长春、大连、银川
哈尔滨、深圳、南京,那些年你在哪里?
有时你自己都记不清了
你需要向你谋生过的每个地方致歉

这江南三月的桃花和樱花
开得像是褪色的粉色纸花
雨水连月不断,从江上运送阴暗
你一路向北,早春灰色的寂静
像一件老棉袄裹着你
你两手空空的,站在故乡的天空下
童年的自行车继续滚过凹陷的坟墓
滚向无人的田野,那些坟墓
终将在第一场春雨后充满清亮的水

---

* 叶落归根是中国乃至全部人类的一种行为。马永波从自己二哥的行为中描述了叶落归根的主题。从诗歌本身来看,作者似乎有无穷的疑问,但所有的疑问都是人类最真实的行为。马永波的诗艺在这首诗中也展现得淋漓尽致,以坟墓"终将在第一场春雨后充满清亮的水"为结尾,既有画面呈现,又有深刻的内涵动荡,读来有令人屏息凝神的艺术效果。——远人 评

情诗

隔着一张桌子爱你
隔着许多年代
新鲜的梦,呈现低潮的海水
纷纷的木花在手指下涌现
真实的海立在远处,像一块刨平的木板
隔着许多层衣服爱你
隔着唯一的海

屋顶比我们支起的头更高
明月比屋顶更高
我从各个角度爱你
隔着许多未清理的灰烬
我们同属于这扇门
随时都可能被推向严冬
屋子里是唯一一个夜晚
我们注定要离开
注定在一个时刻消失

隔着皮肤爱你
隔着夜晚爱你
隔着一阵阵风,盯视你
我在远方

隔着几张女人的脸

爱你，然后失去你

1985 年 12 月 13 日

---

* 很难想象这首《情诗》创作于 1985 年，那时正是朦胧诗横扫诗坛的年代。马永波的这首诗一点不朦胧，相反，它充满人类情感最动人心魄的元素。"爱你，然后失去你"是爱情中最常见的现象，在马永波笔下，这一现象得到了完满的体现，显示了诗人一开始就拥有成熟且卓尔不群的创作才华。——远人　评

白杨

下雪的日子，我答应送你一屋子黄蝴蝶
我到结冻的小溪上去过
晚上我凉凉地回来
黄蝴蝶在心里落着

这些日子雪总是落
白杨更白了
我们的屋子是更暗了
你还在想那些小溪上的蝴蝶吗
明年她们还会飞来
落下，落在你的纸模型上
今年是不行了
我只好坐得远远地望你
秋天的太阳已使你很倦了
脸红红的，像个乡下姑娘
衣褶不再飘动
干燥的地方总有雪花在叫
在你心里落着

现在总该想起点什么了吧
扔在草丛里的日子已被松毛盖住
头发也落进了泥土

被我的牙咬住

从很深的地方

我依然会冷冷地回来

等你走到窗前

从黄色的灯里

飞出无数蝴蝶

在时光里模模糊糊地飞着

在我心里

模模糊糊地落着

---

* 时光总是唤起诗人的思绪。这首诗看起来是在描写私人情感，实则是在面对时光带给人的感受。马永波的高明之处是用简单的场景和简单的语言，描述人内心的微妙体验。这体验来自私人，却属于所有的读者。——远人　评

远离那个夏天的正午

其实那个夏天很美,它是一首唱过的歌
声音消逝了,却又在心尖上颤动
我在那个夏天之外走动
穿过一排排起落的黑白走廊
我已足够成熟,可以面对各个方向的风

远离那个夏天,这个正午
我独守一扇哲学意味的小窗
灰尘还在金雀花丛中震颤
光的门板倒在地上
蝴蝶粘满花粉明亮的语言飞在暗中

我用白水沫炼过的花枝装点窗棂
把一九一九年的报纸折成白色的牡马
让它被散开的花籽警惕地围住
让壁虎开亮金色的巨灯,高潮过后的蚌王
咬住吊兰纤长的手指
我在布置一个简单的仪式,一种怀旧的氛围
手放在枕下抚摸涛声

我记得我们手牵手走过海滨白色的胡同
我记得我们共同深入的幽邃梦境

我记得伏在花上喘息的阴影

我们身边密不透风的幻象与声音

我记得那个夏天，一茎多穗的麦草落在水上

我记得你手指刺破的秘密，浴盆的颜色

你爱我时眼睛的颜色

你总是有些担心地合上我的眼睛

那个夏天，那个一切都在流逝的夏天

我总是听到水在流逝

从我们手上、眼中

从沙地柏和香蒲中间

从我黑色的大梳子和日午的瞌睡之中

那个夏天留下了我们，我们的爱情

像两块出水的白石，灿烂、莹洁

依然是这样安详的正午，你在梦里醒着

像一片叶子躺在时间的波涛上

我蹑足穿过熄灭的星群，一面小窗

像蝴蝶重新打开充血的翅膀

在你的远方，变成你美丽孤傲的新娘

端坐在烛影摇红的寂静五月，等你醒来

---

* 有过生活的人永远不缺诗歌的题材。这首诗非常奇妙地以一个夏日午后的沉思开始，诗人的思绪展开得足够宽阔，哪怕其中的情感元素占据了绝大部分，但在诗人这里，诗歌本身就是情感的载体，就看诗人在自己的沉思中能走多远，诗歌才能展开得多深。——远人　评

给大玲的黑白照片

那时候日子很清晰
黑白分明
你黑白分明地活着
跑起来像个乡下姑娘
我看见你从黑林子里出来
去采白花
我看见你微笑
看见你望着我微笑
可那些日子我并不存在
你只望见了别人
那些日子过去了
那是你最爱我的时候
你一定寂寞而幸福地想过我
想我一定在找你
像找一个童年失散的伙伴
满足于这些想法
满足于自己躲得很好
等我找到了你
你就已经不是那么纯粹地爱我了
有时你看上去挺忧郁的
湿湿的头发粘在额上
在一片阳光明亮的草坡

那么就赤足在灼热的草丛中飞跑吧
一直跑到坡底,跑到我身边
然后转身,我们一起注视
那黑白分明、朴素而丰裕的日子
看一个采白花的小姑娘已走出了黑黑的林子
疑惑于林边那一道耀眼的白光

---

* 一个诗人优秀与否,就看他如何进入和展开要表达的主题。这首诗是为妻子而写,作为相濡以沫的伴侣,会因太熟悉而不太好写,马永波的手法是选取容易令人忽略的某张妻子年轻时的照片,这就为诗歌提供了足够的时间线索和漫长的表述空间。所以这首诗不仅给读者带来异乎寻常的感染力,还在告诉读者,在创作一首诗时,该如何选择最佳的角度和进入的空间。——远人 评

回忆

如果能够,我将恢复那个夏天的每一个细节
每片草叶的轮廓
阳光下晴朗的远足
正在饱满的种子
如果能够,我将重新堆起沙塔
把你囚禁在其中
却又被毗邻的沙坑捕获
(也许它就是为我们两人所设)

如果能够,云彩最好再高一些
背负起苍天,但不要飞走
不要移走星群和星群间正在到来的船
那些小房子要在夜晚降临之前聚到一起
像小羊被赶回栏中
这样,谁都不会孤单

如果阳光再强一些
我就能够还给日午
以蓝光闪闪的海面
还给空气
以夏日沉闷的云朵
还给你的忠实

以朴素的容貌

可为什么眼泪在我脸上

真实而缭乱地流淌

像一座风中的空房子

一座海流上的房子

一些花瓣在它的阴影中呼吸

一些细弱的树枝

拖曳着光行走

又把雨水弹到你的脸上

如果能够，爱人

请抬起你沉思的脸

它多么虚幻、遥远

即便在最初的夜晚

我们怦然相撞

一起在水中迸溅

亲密的耳语使脑髓发疼

我在沙滩上画出野兽的印迹

它来自童年，秉有我所有内在的美丽

（现在，海滩将荒凉如一张白纸！）

沿着风弯弯曲曲的小径奔走

或者慢慢回到夜晚

携带世上最辉煌的花园

如果能够，我愿意不再回想
让影子像云中的树慢慢飘远

---

* 回忆容易给人深远之感，马永波笔下的"回忆"则是开阔的。马永波的整体诗歌风格也是从细微中见开阔。读者时时感觉他在描写细节，但读完全诗，却给人开阔的感受。究其因，是马永波作为一个真正的诗人，本身就具备开阔的情感。这首诗是非常好的证明。——远人　评

你存在着就好

你存在着就好，你本身就是
生命的诺言，你是桥头伫立的一颗星
河水和夜晚流过
你在自己的寂静中组织起
一个看不见的星系
在你的窗台上万物逐渐成形

你存在，宇宙就存在，星轴转动
大海倚靠着陆地伸展柔软的臂膀
风吹和花开，日出和雨滴
甚至我们对事物短暂的爱
也有了一些我们并非全然领会的意义
万物就是赞美和声息
甚至波浪磨破的膝盖
甚至单调重复的词语

存在便是你的责任
你无须为别的名称操心
你存在，世界就在隔壁
像年迈安静的父母，黑着灯
倾听着你的灯焰发出的呼吸

知道你在钻研事物幸福的天性

像是从一个遥远国度借来的礼物

---

* 这首诗是诗人写给自己儿子的祝福，但在我读来，诗中的"你"也可以是诗人自己。所以这是一首诗人对自己充满信心的诗，这种信心不是对写作的狂妄，而是凭借自己数十年的坚持和努力，对诗歌本身和万物本身逐渐有了通透的认识。人最需要的就是认识自己。这首诗是诗人认识自己的证明，也是诗人能够从"钻研事物"中得到幸福的证明。因为有了钻研，诗人才不会陷入狂妄，而是在"幸福"中面对自己。这一靠钻研而来的"幸福"是很少有人能得到的幸福。——远人　评

风吹寂静

（写给潘英杰姐姐）

无论走哪条路，最后通向的都是寂静
阳光照耀红色蓝色褐色的屋顶
照耀菊花的头巾一闪而逝的村路
这村子好像很久没人来过了
每家的后窗都开着，向日葵探头探脑
炕上的被子整齐地摞着
看不见人，也没有犬吠
鹅的叫声从村子另一端远远传来
只有阳光，一动不动
照耀着闷热的树林，庄稼，尘土
和院子里逐渐开裂的白色蜂箱

十六岁的姐姐衣衫单薄
她在田里劳动，庄稼越来越高
风从亮银般蜿蜒的地平线吹来
吹着她单薄的青春
偶尔闪露的滚烫的腰身
十六岁的姐姐沉浸于劳动
当落日的芳香让她猛醒
田地里已空无一人，一片寂静
她蹲在垄沟里，风吹大地

风吹着蹲在大地上张望的姐姐
黄昏的阴影迅速蔓延过来
低矮下去的村庄仿佛在沉入水中
人世寂静,人时很长
十六岁的姐姐独自一人
留在田野里,沙沙作响的庄稼
很快高过了她,高过了旋转的星空

2016 年 8 月 20 日

---

* 这首诗将重心落在自己的姐姐身上,但同样也落在诗人自己身上,从他人那里体验自己,是诗歌的某种真理。所以读这样的诗,读者读到的不仅是温暖和感动,还是对真理的接近。——远人 评

空旷的春夜

你的声音掩盖了我们虚掷光阴的羞愧
在缪斯的歌队,你是白衣闪亮的那一位
阿喀琉斯的愤怒和尤利西斯的漂泊
纤细的经纬,宏大的主题,新月下的领舞
在局促的生活中点燃起长久的憧憬
艰辛的日子更需要诗与酒的火焰来浇灌

有多少个晨昏,你在虔诚的长椅上
铺满丰盛的食物,在时运的高峰
让我们得以畅饮高天的清明
让命运的征兆自行隐去它漆黑的眉毛
聆听甜蜜的泉水,探究真实的格律
就在你声音的陪伴中,我们脆弱的小船
又越过了一重重暗绿色的波涛

我们相识仿佛已经多年
你那并不轻松的生活并没有加增
你额头上的一丝阴影,你依然
像第一次那样安静地坐在我的左边
像个少数民族的高年级女生
向我展示那看似平凡的事物后面
深广的原因,如今我在南方空旷的春夜

思念着你,仿佛有一个我爱着的姐姐
已悄悄来到我的城市,又不为我所知

   2018 年 3 月 27 日

---

* 这首诗中的"你"和上一首不同,这首诗中的"你"更像诗人内心的某个神明,他在守护着诗人,守护着某种极为神妙的时刻和感受。——远人 评

我曾经爱过你

我曾经爱过你,爱情
就是生命和生活,就是永恒
我曾经是那么地爱你
隔着树篱我和你走在同一个方向
我落后你十步之遥
我知道,你知道我在跟从你
你从不看我,你的米黄色风衣从来没有皱褶
你的平静让我羡慕又恼恨
因为爱你,我也爱上了自己苦涩的青春
爱上了那个实际上很小的长安
那个很小的满是蜗牛淫秽气味的校园
校园对面的兴庆公园和下课后
校门口临近午夜孤零零的藕粉摊
干净的梧桐,风中的玫瑰,爱上了诗
这无可救药的致死的疾病
这温柔的死亡。是的,因为爱你
我早已死在了我的十七岁
死在了我自己的手里,我对自己的无情
是的,我曾经爱过你,如今我还在爱着
我绝望于永远变不成你
即使我早已经变成了灰烬
不断地转换形象,但依然是灰烬

依然不由自主
绝望于我永远分不清我爱的是你
还是我自己,甚至我自己越来越少的灰烬
如今在我的心里,是一片深沉的寂静
可你还在那里,平静地走着
我知道,你知道我并不存在
如今我可以平静地面对你
因为还在爱你而心怀羞愧

2019 年 11 月 28 日(感恩节)

---

* 很少有诗人直接对"爱情"发言。马永波这首诗的表面是直接面对爱情而倾诉,但细读下来,又发现他面对的不只是爱情,而是更为复杂的人类情感。如果结合这首诗写于感恩节,更可以说马永波在面对自己内心的神灵。——远人 评

晾衣服

山顶闪着潮湿的光,田野起伏
远处的小村像褐色的蘑菇
一丛丛生长在坡下
或者是掀翻棋盘滑落的棋子

院子被风渐渐吹干了
红砖墙被太阳晒热
鸡和狗会久久偎依在那里

有时,父亲也会靠在墙上抽烟
一会儿看看远处
一会儿看看母亲从木盆里
似乎无穷无尽拎出来的湿衣服
铁丝上很快就晾得满满的

这是早春,晾在院里的床单和衣服
有时整晚留在外面,冻硬
甚至会垂下细小的冰凌
等到中午,才慢慢变得柔软

有时这个过程要反复几次
那时,你不能碰,也不能用棍子敲

它们很像受苦的人,挓挲着胳膊
饿得只剩下个骨头架子

一切都还是光秃秃的
每天每天些许的变化
只有动物们知道,因此
它们的叫声总是在为某物做出决定

很多年过去,父亲脸颊塌陷
弥留的呼吸间隔越来越长
人们手忙脚乱地给父亲穿衣服
他的身体瘦弱而坚硬,紧闭着眼睛
仿佛失望得不愿意再看见我们
仿佛母亲在早春的院子里
晾了一夜结了冰碴儿的旧军装

2017 年 4 月 17 日

---

* 在这首诗里,马永波选取了平凡的晾衣服场景,其中出现的父母是每个人生活中的必然之人,也是必然之情。将平凡的情感写出深意,是马永波诗歌最动人的部分,也是他朴实无华的风格体现。——远人　评

自传
（给诗人仝晓锋）

周围都是黑的

只有他发亮

只有他跪在，春天的草上

露珠在捧起的手上

他就在露珠里

在露珠里发亮

只有露珠发亮只有三片草发亮

弧形的草坡望不清什么

周围都是黑的

他就跪在无法忽略弧度的地球上

发亮

侧影放大

越来越近

露珠也在放大

露珠裹住了他

那个孩子

在发亮的球里只是黑的

轮廓模糊

你穿过去

感到冷

抬头他还在前面

在自己的手上
只有手发亮
只有手上的露珠发亮
只有那片草坡
只有一片模糊的阳光

---

* 就最能表现作者内心的温煦体裁而言,非诗歌莫属。马永波这首诗虽是献给大学时代诗友的,但名为《自传》,就说明他也在全力凝视自己的内心。这时候必然出现的是借助形象而生的感触——形象越新颖,诗人的内心会越透亮。所以"周围都是黑的/只有他发亮"不是一种自得,而恰恰是真实的体现。马永波的每首诗歌都很真实,这也是他为汉语诗坛贡献的价值。——远人 评

那时你正在麦田里

（给仝晓锋）

于是，那些人就躺在床上听雨
听整个下午雨在屋檐上叹息天气
早上的灯里，昨夜的笑声还斟得满满
一次班车到南方去了
载走了戴黑纱的女人
那时你正在麦田里
在寂静中听到了古代的一场战争
刀剑和脚步杂乱的声音
还有鹌鹑沉重的滚动土块声
大洋彼岸，一个去商品中找点儿什么的朋友
在顺着楼梯哼一支歌，你听到了
那些处女掐着自己的静脉在报上求婚
男人小心翼翼地玩火
终于，一个坏脾气的人出现了
他每夜都去海滩上钉满木桩
给世界增加一点麻烦
让嗅着腥味的道路，狗一样转弯离开

1986 年 6 月

暮春的最后几天

（为老友仝晓锋导演 53 岁生日而作）

暮春的最后几天
还会有几个晴朗的日子
让你穿着缩水的毛衣，用手洗衣服
还会有一些阴郁的时辰
让屋子里比外面凉爽
还会有暮雨增加入夜的寒凉

水泥缝里还会涌出蚂蚁的军团
柿子打结成淡绿色的纽扣
逐渐膨胀，装填甜蜜的炸药
樱桃还会融化，滴落在车顶
绿色弹坑还会遍布二月兰的阵地
一切都在变，甚至水中的倒影

还来得及细嗅旧书的荒凉
把腐烂发黑的柴火抛入深谷
还来得及让一只优雅的斑鸠
斜落在积水的林间小径
让你选择另一条路，放慢脚步
隔着越来越高的花丛互相打量

在大地的边缘，还会有人悄然独立
向深渊眺望，还会有风暴
从遥远的行星上吹来
还会有无名的时刻对你满怀信任
你还会听从鹧鸪的催促，彻夜不眠
反复爱上那些正在消逝的事物

2016 年 4 月 24 日

---

* 一连三首诗都献给同一位友人，说明马永波对友谊的看重，对方也一定是因为自身的质素赢得马永波的敬重。这首诗就是一部敬重之作，但诗人的运笔始终服从诗歌本身的要求，用形象说话，用逐层打开和深入的情感说话。——远人　评

夏天纪事
（给杨于军）

整个下午，天空就这么亮着

不时有云朵飘来，裹着蜜蜂的嗡鸣

细风在屋檐下欢闹，红瓦片像破碎的古陶

每一片上都活动起一个穿兽皮打水的姑娘

那都是些老人讲过的故事

你知道的，都已不再古老

人理石的台阶在沉没，断柱中的年代无影无踪

除了这些，你这个把毛衣随意敲打着坐在门前的孩子

还能知道些什么呢

还要讲什么美丽的夏天呢

鸟落下七根羽毛

欣然飞走，多像一串彩色的葡萄

膝盖上漂亮的红漆越来越淡

静寂中你忽略的什么正在悄悄来临

一种情绪如红毛衣里的灰尘，不住地闪现

那就想想别的事情吧，更好的事情

还会有什么从时光里归来

想想冬天的小树想想你即将换上的红毛衣想想

雪花落上红毛衣的情景

你又换上一面新的纱窗

那时所有沉没的船队都在早上

变成莲花浮上水面

于是，整个下午都会有云飘来风吹来

你都会静静坐着不再发愁

1986年5月23日

---

* 诗人应该敏感甚至敏锐，从这首诗中就可见一斑。以不断出现的形象来勾勒自己的倾诉，是诗歌特别有效的写作方式。——远人 评

雨布和草地
（给杨于军）

你翻出一块绿色的雨布
抚平在床上
路口闪烁的树叶间
她们走远了，嘻嘻哈哈春游去了
你终于没有出去
望着那雨布发呆
一切都准备好了
你始终没能校准时间
风吹进来
雨布仿佛又盛满了硕大的水珠
许多年前，曾有两只小蚂蚱
睡在你挽起的裤腿里
孤独也让你沉醉
等到醒来
发现自己坐在一片绿草地里
远山又细又小
裤腿里的蚂蚱在动
草帽和一本书，放在草上

1986 年 4 月 15 日

友谊

平常的日子总有些时候要想起往事
想起二十岁一过你就恋爱了
不再和吓唬过我们的老树为仇
从那以后，日子就快了
切开的水果，转眼起了一层红锈
我仿佛看见你在远方翻了个身
孩子就大了
这些都让我纳闷

春天有风
夏天有雨
我们一起跑过了许多
雨中的街道
后来我们分手了
答应不再见面
这也挺好
还可以写长长短短冷冷热热的信
虽然没有必要

我们分手的日子已经很久了吧
你来信要我回去
说我流浪得太苦了

说你的妻子很可爱
当然，我们又见面了

平静的日子平静的心绪
掩饰的话渐渐减少
夜里我们出去
找找过去的纪念
凉爽的台阶
我们坐在上面
剧场里灯光暗了
人们陷入了情感
你终于高兴起来
我真想揍你一顿
这世界有好多事情
让我想不明白
好像很久以前
有两颗金色的雨点
曾在海上漂泊

1986 年 12 月

---

*《友谊》的诗题谈不上新意，关键是马永波写出了新意。令我特别诧异的是，这首诗竟然写于朦胧诗覆盖诗坛的 20 世纪 80 年代。从马永波这首早期之作来看，他拒绝了当时的流行影响，深入打磨自己确认的诗歌语言。这种打磨在当时或许并不瞩目，但今天回头来看，它蕴含了马永波对汉语极为坚定的认识和全力以赴的个人实践，并在今天结出了丰硕的成果。——远人　评

钢琴曲

在一支钢琴曲里想你
你的身影在浑圆的夕阳中晃动
春日,冰块在河流里叮叮碰击
声音响自久远

在一支钢琴曲里想你
黑色的琴箱充满共鸣的空气
像一群在梦里飞翔的黑鸽子
音乐柔软的背景上
你是比语言还要古老的眼睛
从其中我看到世界
一片晃动的胡杨树林

在你之前的女人
往往是一样的
她们摸着一棵棵树离开我
组成我灵魂里最深的夜晚

在一支钢琴曲里想你
上帝恩赐了我这权利
让我随意想象

春天我们到处相逢

你有无穷的姿态

美丽得悲哀

诗，我写好了

当它飘入漆黑的邮筒

我的心也像一只蝴蝶

一直要坠到这夜的谷底

金属般爆炸、焚烧

在这支曲子里你无限地变幻着

如道路上变幻的林妖

诱惑我嘲笑我

火热的情愫撩拨肌肤

命运无影无踪

那无穷展开的柔软背景上

我们成为互望的眼睛

成为无法比眼睛更为古老的爱情

多么美妙

我依然端端正正地坐着

钢琴曲像波涛上的古代微风

像一支柔软的手

那里有你冰冷的触摸，无形而痛楚

我没有这支曲子

我的身上已结满了白霜

1987 年

---

* 马永波诗歌不能忽略的是除了对诗歌本身的深入，还有语言的自如。自如不是每个写作者都能做到的，像这首抒情诗，几乎就是倾听到作者对你舒缓地说话，尤其那句"诗，我写好了"，没有深厚的语言功底，写不出这样自如的诗句。——远人　评

从罗汉巷到仙鹤门看望远帆师兄路上有感

经过满是凡夫俗子的罗汉巷
尚未经霜的柿子
和开裂的鲜红的石榴
果然是万家灯火啊
地铁在树顶大块的黑暗之上飘浮
这些都让我感到新鲜又寂寞

仿佛我刚刚入学,落叶满天下
1981年长安的秋天,校门口
我无所事事的十七岁
鼓足勇气,伸手援助一个拖行李
仿佛毕业离校女生的孤单
她的口音分不清是哪里人
我们聊了几句,就在广大的人生里
永别了,她不会记得我
我却始终记得她身上
发出的洗发水般的清新气味
和她平静的小姐姐的嗓音

那时,远帆一定也在那个门口
拖着行李,瘦削挺拔
像一棵年青的白杨

我一定和那个秋天一起
看见他穿过人群,平静而孤单
想到这些,我竟然有了一种幸福感

而我的远帆师兄,正在
早已仙凡两忘的仙鹤门
剧烈地咳嗽着,也许还有
隐秘的疼痛,沿着铁轨
一直向多年前的那个秋天伸延

---

* 给朋友的诗,很容易流于轻飘。马永波的诗歌总是能从大量细节入手和展开,这也是任何主题的诗歌都能在他笔下显出厚重和引人入胜的理由。——远人 评

生日诗
（寄远帆）

在万物繁华的夏天
你向这个世界投以目光
从永恒中，从天国花园藤蔓纷披的阳台
从横过天空的阿波罗的狮子座
这灵魂下降到肉身的通道
君临我们这个红尘滔天又充满冒险的人间

从这一天起，道路上的光亮将延长
你的脚步轻盈，你的双肩沐浴霞光
随你一同降临的
是那些看不见的礼物和翅膀
你的来临本身便是对这世界的祝福

多少时光已经过去，我们像两头波浪
相遇在同一片海洋，你的激昂和我的沉郁
就像洋流的澎湃和汹涌

过去的一切铸就了你闪电般不屈的骨骼
你性格中温柔的一面无人知晓
你把它们谨慎地藏在风云激荡的下面

生日快乐,隔着几千里沉默的空气
我在白山黑水间,向南方以南的你致敬
从黑海那边吹来的风
将带来苦涩而清新的气息
也将带来比今生更长久的盼望
以及我们手中那一把发亮的金色辰光

---

* 生日诗总免不了祝福一类的俗语。在这首诗中,马永波将"你的激昂和我的沉郁"放在全诗的中心位置,就是要让读者看到诗人与朋友的各自性格。从中或能体会,任何一种诗都可以摆脱俗套,就看你是否找到别人没有发现的角度,进而展开自己的独特叙述。——远人 评

第三辑

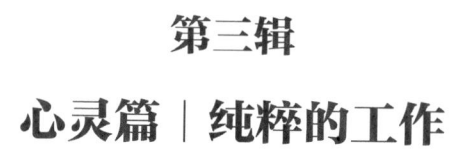

心灵篇｜纯粹的工作

又见春天

常常我就这样静静地站着
静静地想一些细小的事情
让心思把我随便带到哪里

今天早上下了最后一场雪
黏黏的,像苍白微弱的火焰
我愣愣的影子就粘上了一层白色的颗粒
我想这就是春天了
和往年一样
想想自己还能看见许多这样的春天
由此能为残缺找出一千种理由
嘴里吐出些枯萎的果实
额头光洁

许多个春天就会这样平安地过去
不为绿色而激动
不为过去而伤感
静静的日子与我相熟
它把沉睡的道路带到我的身旁
如果愿意,我随时可以离去

河在远处动起来,水汽迷蒙

我知道有些愿望会如去年的水声

遁入猩红的鱼眼

那辆卡在冰上的马车

也早已无影无踪

而有人时常想起它

想起嚓嚓走过冰河的一队蹄声

1988 年 3 月 10 日

---

* 诗歌总有简单与复杂之分，也有俗套和新颖之分。马永波的诗从一开始就不简单，更不俗套。春天很容易写得俗套，但这个问题在马永波那里好像从不存在。他只是将内心的体验以纷繁的形象表现出来，这其实就是诗歌写作的秘密。读一个成熟诗人的作品，需要读者展开对诗歌秘密的确认。——远人　评

北国之春的回忆

北方的春天缓慢而艰难
像是慢动作,每个细节都格外清晰
一点草芽都让人欣喜
树枝变得柔软,不容易折断了
大风过后,我们在郊外游荡
田野的色彩在加深,闪着光
山坡上光秃秃的,雪变成了阴影
风吹透衣服,在山坡上躺一会儿
大地轻轻的颤动一直穿过肋骨
随便揭开一个土块,就能发现
齐刷刷白色的草根细密如发丝
那是白桦般无辜的日子,散漫而忧郁
你以为永远会留在这座城里
在斯拉夫黄色的老房子里
伴着黑胶唱片,铜烛台,绿窗格
老照片蒙眬难解的目光
喝酒到深夜,有时我们什么都不说
只是听着外面的黑暗
仿佛在期待什么事情发生
而始终没有任何事情发生
你一个人慢慢走回家去
在寂静无人的街角,一棵紫丁香

发出微弱而固执的香气
像那些早已不在人世的朋友

---

* 从20世纪80年代开始，马永波就有着建立个人词汇表的野心。所以读者总是看到不少相同的词汇，但同样的词汇在马永波那里，从来不会是相同的意思，就像出现在这首诗中的"春天""山坡""草根""黑暗""街角"等词，总在他的诗中散发出词语本身而又不断变化的走向。我的感受是，马永波对自己热爱的每个词语都没有刻意加以变形，而是让这些词语经受时光的打磨，它们自然会出现不一样的意蕴。——远人　评

瞬间

这是在南方,我正经历的第一个冬天
一座小城,不知起源于什么岁月的运河
我在等一个人,夜越来越深了
这座城的寂静也越来越深了
我向漆黑的园子里张望
踱上几步,我并没有着急
我甚至忘记了等待的原因
忘记了在雨后的深夜,我们要去往哪里
漆黑的枝头上,每隔一段时间
就凝聚出一颗透亮的水珠
从我的手指一直凉下去

那是在什么时候,在南方的哪一座城市
我已回想不起,但那水珠的冰凉
那春天般的气息,漆黑的树枝
远处观音庙的微光,还有古老的运河
它们,将比我长久,长过我的记忆
和我所等待的人,以及等待的原因

2008 年 1 月 11 日(于南京的冬雨中)

黑暗中的雨水

我听到黑暗中的雨水,笑声
我看到倾斜的石头街道上
一支火炬突然熊熊燃烧
是什么样的翅膀在掠过

托举愤怒的笑声,让圆形的白杯
在屋顶上剧烈摇晃
是谁的叹息,让雨
暂时中止了片刻,而后
增大了三倍!

我听到黑暗中的雨水,笑声
在黑暗中长大,很快
便覆盖了大半个城市,屋脊
在雨的冲刷下挤压在一起
"大地更加黑暗也更加可怕。"

我听到你去年的笑声,雨水
在细长的茎上,膨胀成金色的葫芦
我听到你警告的声音,在空间震荡:
留意你生命中那些增大着的雨水

我听到黑暗中的雨水，笑声
窗栏上，树叶焦黄的面孔时隐时现
在阴影晃动的门厅，去年的座位
迎进了命数中的一位新人
在镀金的尸车边行走

在这时写下诗歌的人不会犹豫
雨水从天而降，注满你的杯子
你只需灭掉灯烛，屏住呼吸
那消失的一切还会回来，通过雨水
风，诗歌，通过我们身体的裂缝

---

* 雨水是所有诗人都使用过的意象。在马永波的笔下，雨水的含义格外独特，他总是从一个简单的意象展开丰富的内心感念。这其实就说明，要写好一首诗，诗人的内心不够丰富，笔力不够开阔，诗歌就不可能在横向上打得更开、更广。——远人　评

男人

你必须忍受

你必须忍受门背后的东西
你必须从侧面去看与生俱来的这个世界
女人与生俱来的弱点
你必须把那人扛回家去
钻到床下去找工具

你是男人

你必须开车去外省拉回咸鱼
或者死在路上
让想你的人高兴
你必须让那个与你相似的人
在世界某处独自痛苦
你必须忍受女人给你的孤独
男人给你的耻辱,你必须

这个世界
你无法如期归来
你只看到夜晚的一面

你是男人

你必须把石头运进城市
让美折磨你
让遥远折磨你
必须回到面孔后面
在那里阴湿的街道
让靴子沾满落叶

---

* 人总喜欢给万物命名,而马永波这首诗在给男人命名。在小说或散文作家那里,对男人总是要求坚强或者责任。诗歌要表现的内涵不会如小说和散文那样。就这首诗来看,男人是需要从内心认识自我的人,是需要"在世界某处独自痛苦"的承受之人。所以我觉得,诗中说的与其说是男人,不如说是古往今来的伟大诗人。——远人　评

审判

那声音是从上面来的
天阴下来
我坐下,把手夹在双膝中间

路还很远
一张脸堵在尽头
一束光笼罩住我,嗡嗡作响
黑暗中悬浮无根的植物

"你是谁?"我伸出手去
光线顿时散开
世界静止
"我做错了什么?"
"你写诗并且梦想快乐。"

"写诗?梦想快乐?
这不是为了爱你接近你
如果你真是我的上帝?!"

"不,不需要
你独异于人这就够了
看看你四周这些植物吧

它们知觉健全但绝无思想
这才是快乐的极致。"

我小心触触那些枝叶
它们立即嘶的一声烧得焦煳
我的手指火烛一样燃烧
这是骗局
我大叫起来

阳光立时恢复了明丽
一只黑狗从我身后嗷嗷窜出
逃向远处
我生出枝叶
发觉自己置身于一间陌生的空屋
在暗中有着难言的尴尬

---

* 真正踏上写作之路的,会发现这条路真的漫长。时而会有怀疑,时而会更为坚定。这首诗写出的就是这一复杂感受。诗人以植物"知觉健全但绝无思想"对应诗人的承担,读来有莫名的痛感。——远人 评

平静是心灵的智慧

就这么一天天地过吧
平静是心灵的智慧
但更可能是来自迟钝
突然的光让蛾子吃惊
让它的眼睛蒙上黑漆
那个不懂事的孩子犯下的错误
却要一个老人来独自承受

不要再企望晚年的从容
那只是死期临近时的麻木
但又没有动物那种不知命的宁静
连阿喀琉斯的愤怒都不能改变些什么
美还会重新诞生
尽管是在脆弱的卵中
尽管没有另一个特洛伊

不要以为有人会真正地关心你
你一生编织的不过是游丝
从一个孤独的海岬
到另一个孤独的海岬
它们慢慢都会失效
你还是孤身一人

有人耐心地等着你死,就已属幸运
就这么一天天地过吧
你身后的港口都在渐次沉没
你说话无人听见
听见也是徒劳
就这样,你生命的小船终会靠岸

---

* 选择一条决绝的人生之路,会越走越孤单,因为能跟上你的不再可能是大众,诗人的孤独难免会导致某种时刻的绝望,这时候智慧就显得尤为重要。马永波找到或发现的智慧是求得心灵的平静。从这首诗来看,求得心灵的平静,要求诗人付出何等艰难的代价,甚至包括"有人耐心地等着你死",但诗人的选择是继续,为了让"生命的小船终会靠岸",这就使读者从这首看似绝望的诗中发现诗人最内在的倔强和顽强。——远人　评

睡着的男孩

睡着的男孩脚趾鲜红
他看见雾中悬浮的石榴
不停发光的石榴
他看见石榴裂开
跳出一群吊睛白额的猛虎
从很远的地方
跳过来，跳过来
还有一个淤泥里的圣人
还有三只呜呜响的月亮

睡着的男孩一动不动
想到魔鬼一动不动
接踵出现的白衣女人
一次次穿过墙壁
风撩起她的长裙
还有一只腐烂的手
在墙角里，像仙人掌，独自开放

睡着的男孩一动不动
黑影在床下醒着，石榴落入内心
大海蓝色的皮肤一点点爆裂

睡着的男孩看见

黎明像一把被梦见的刀

---

* 人生总富于梦想,但梦想不免有单纯的质地,唯有在艰难的人生中跋涉过后,才能体会梦想本身的残酷。这首诗就表现了诗人在回顾梦想时,已能深入到梦想深处,挖掘出梦想本身。——远人 评

天使

天使的愤怒也是纯粹的
它不掺杂黑暗也不掺杂泥土
那只是一道光芒从他双翼间生出
是吁请上苍降临,验证他的孤独

在人间做一名天使可是不易
他要懂得每天的价格,习惯心算
掠过时要保持烛焰静止
不让孩子看出他背后的包袱

谁能拥有这样白色的禀赋
在这里同时又在别处
总是为别人的命运操劳
却不知道自己的归宿

因为天堂太远,远在另一个河系
上帝忘了这一个下属
留他在人间行走,负着双重身份
既不是灵魂也不是肉体

他高不过站满鹳鸟的电线
低又触不到真实的泥土

白天的同志和夜晚的亲属
他都不被了解,像一个谜语

年深日久难保他不忘自身责任
脂肪会使他窒息不再轻盈
他到楼梯下和林间显示神力
生怕被关进疯人院黑暗的烟囱

承接来自天空的意象和大地的压力
他有苦难言。他是现实和美之间的荒芜
既没有道路回到巴那斯山
又没有钥匙打开生活之门

他只是一种存在的可能
并用这种可能来喂养自己
他知道一切都会结束
也清楚自己身躯的长度

也许他能够听懂风声,像诗人
把黑暗想象成型,又挥之而去
也许他暗藏爱恋和乡愁
却羞于出口,他不熟悉我们白天的规则

天起凉风他本该在园中悠游
在城垛口转动他的火焰之剑
本该口含清水,骨质轻盈

他歌唱便有人歌唱和倾听

如今他在我们时代的街道上行走
眼含古老的忧愁，褴褛的衣衫有如翅膀
拖过星星结冰的车间，和我们诗人为伍
他用歌唱把混乱的一天救出

---

* 在有信仰的人那里，天使存在；在无信仰的人那里，自我存在。这首诗体现了作者非凡的信仰，只是他又认识得异常清楚。天使不再是信徒眼中的单纯天使，而是在人间生活的天使，这就决定了天使与俗世的格格不入。所以认真细读，这其实是一首苦难之诗。人间真的有天使吗？在作者那里，天使就是人间怀抱至纯梦想的人，也就必然与俗世发生强烈的对抗，所以这首诗读来有心酸之感，但又有彻底的真实之感。人生的打击无处不在，诗人选取的天使，可以是象征，也可以是纯粹人的真实。——远人　评

诗艺

他正提前写下晚年,晚年的诗歌
当他完成,他会坐在屋顶上看火车过去
看云看秋雨中冰冷的菊花
或者在落叶上,写下一些无关紧要的字句

经过了意气消沉的青年和劳碌的中年
他的骨头被风吹凉,敲击明月
青春会重临,早年拒绝的爱会回来
厌倦了思想,他要尝试真正的生活

世界,请原谅一个老人的疯狂
他已还清欠下的债务,用一生最好的时光
他已泄露了太多神的错误
他因此没有欢乐,也早已丧失了健康

有多少次他中途醒来,怀疑命运的选择
他忍住饥饿,只为将看到的一切
向世人传扬。如果他的言语混乱模糊
那是可怕的预感将他俘获

既非神灵也非众生,他是两者之间的荒芜
是白色的牺牲,在祭坛上旋转,颤动

可曾有人将他倾听,并随之出门
追寻云层上的闪光将一生虚度

他熟悉严霜的所有形态,像知晓秘密的龙虾
被灯光牵引到集市。他曾听到
埋入地下的合唱,他曾是荷马和但丁
是疲倦的奴隶,透过尘世窥见天堂

被盛怒的神灵追击,又为尘世所抛弃
他是失群的鸟儿,在空旷中筑巢
神的火焰,众人的石头,用骨头惩罚肉体
靠双手劳动的人终会过早死去

现在他祈求诗神,赐他昏睡的毒酒一杯
只有在幻梦中,才能重温那秘密之美
没有荣誉和爱情,也没有安宁
他无处存身,只能日日沉醉

---

* 在人生的各阶段,中年与晚年是最令人百感交集的。这是一首认识世间的诗,也是一首将内心彻底敞开的诗。在今天的全部汉诗中,这是一首不可忽略的真实之诗。——远人 评

我时常望着远方

我时常望着远方
当我心中的音乐停歇
我应该看见透亮的树林和敞开的窗户
看见鸟儿飞进山顶的蓝色
阳光波动，有花在雾中沉睡
亲切的气息让我兴奋
可远方什么也没有
什么也没有我还是时常望着
生命像仅存的安慰
我时常在远方生活
在那里望着自己现在的地方
下雪了就在房上加一把干草
静静等候雪上跑来善意的蹄印
毫不理会木头上的虱子和山口的闪光
我知道日子会带来新的生命
我知道我还会回去
继续望着远方，幸存下去

---

* 远方总令人渴望，这首诗的渴望不是平常意义上的热烈追求，而是对一种真实生活的瞭望。诗歌的功能不是用来高蹈，而是如何脚踏实地地呈现生活与内心的双重真实。——远人　评

一天将尽时的祈祷

夜深人静,星轴旋转,我还活着
世界每晚都毁灭一次
只是我们佯装不知
我们从死者那里汲取的阴凉
像族徽,像轻吻,按在滚烫的额头

如果大地还在向高处上升
如果脚印中又充满新的生命
沙滩把大海深处的黑暗拖出,晾晒
如果燕子还在为废墟的眉毛带来雨水
你就可以无名地活下去
你就可以提前成为
那个永恒陪审团的一员

深沉的幸福啊,你如火焰冒出颅顶
你如烟灰在空中建起一座斜塔
那满脸都是一副死棋的人
奔驰的雨水,岁月的纪年
暴君黑色的硬领,都不能把你摧毁
因为你啊,是在语言的鲸腹中仰望苍穹

哈尔滨初秋的晚上

它居然用镣铐的声音催促你活下去
用树叶背面隐藏的密码
北方天空游移的绿光
用越过黑色大海吹来的风
冷却你额头后的思想

还有雨后水洼里沉重的脚印,还有雨
似乎落在许多年前的同一条街道
同一些冒着热气和金光的头顶
当我们聚拢在时明时暗的灯下
低声谈起诗歌、燕子和往昔

而往昔算什么,如果没有一个
目光明亮而严肃的高挑女子
沉默地从我们的肩膀上俯视
如果没有她那只白皙沉重的手
按住那翅膀一样扑腾的诗章

也许并不存在这样光荣的往昔
依然是和平的大街
像人们散去的酒店一样安静
你茫然四顾,仿佛朋友们还在原地

消失在不同方向的
只是从身体中分离出去的影子

站在闪着寒光的深夜的街头
你听到一片树叶
在城市上空犹豫了片刻
然后跃入黑暗深处

2015 年 8 月 31 日

---

* 人对故乡的回顾往往屈从于古往今来的庞大思乡文本而落入俗套。马永波的独特性就在于他对任何被无数名篇覆盖的题材都能写出新意，原因依然是他始终紧扣作家内心最隐秘的角落，然后通过语言展现这个角落，让人读到作者最隐秘的心声，这才是诗歌的真正作用。——远人　评

深夜的酒

深渊中,我和一瓶酒对坐
我发现酒怀着和我一样的心思
我们都不再能使对方燃烧
结束了疲惫的一天
深夜的一瓶酒,冷却的绿色火焰
没有什么幸福比这个更沉默
甚至没有声音
甚至在深夜里倒酒的声音
都显得多余
我们是彼此剩余的部分
如果我一直这么坐着
我也会成为一个酒瓶
没有腰,甚至没有耳朵
因为我们不需要倾听
两个老人互相倾倒的声音

2012 年 4 月 18 日

---

* 诗歌是形象的艺术。在这首诗中,马永波选择了"酒瓶"这一形象,就诗歌来看,"酒瓶"也并非马永波的选择,而是他在饮酒时生发的感慨,然后顺势将"酒瓶"转化为全诗的核心意象。其手法或能给更多的诗人启迪。——远人　评

灵魂致沉默的肉体

命运不可能再有转机
我拉着你在尘世受苦
在峰顶被风吹透,你用蓬松的肚皮
对付死亡的经济学
许多我见过的你尚未见过
符合进化论的日子,把我们推向更远的荒芜
像一根拐杖,你扶着我
还要在人生的中途,这座幽暗的森林
再走出数里。或许我们该好好谈谈
像两个兄弟一样,互相拍抚着肩膀
但我不能这么早便告诉你
我们要去的地方充满了飞鸟和闪光
但没有你想要的沉甸甸的女人
那些被时间充满的果实,但还是
应该赞美,赞美那些还不存在的事物
那些还仅仅是词语的事物
麻雀在夏天翻开的土地上寻觅
草籽随波逐流。一场雨在石头上蔓延
当南风的肩头升起了明星
我们发现与一个避雨的人
只隔着一棵树,并灰尘一样地微笑
这样的结果也不算太坏

如果有这样的结果的话

1998 年

---

* 这是一首奇特的"在路上"的诗歌，诗人对自己的灵魂展开一次倾诉。人在路上，总希望获得支持，使自己能够坚定。诗人的倾诉在诗中并不许诺，原因是诗人已经发现命运的真相，所以诗歌时而有温暖，时而有情绪的起伏，但诗人明显对词语充满信心，这也是一个诗人该有的信心。——远人　评

上午的阳光

我喜欢的阳光是上午的阳光
道路爬过绿色的树影
是橡树后那一片深蓝的波动
是鸟儿消失自己的阳光
雪山宁静,使人纯洁

上午的阳光
总使我想起一些微不足道的事情
想起爱人没有说出的话
波浪动摇的日子,桃林猛烈而倾斜
很少有人在这个时刻向我走来

水中的影子裹着雾气上升
一下一下的敲击分散在水上
墙上的牛角弯向内心
像回声,涂满了血

二十年一个肤浅的表面
很少想到不真实的事情
黑衣的鸟儿迎风起舞不问归处
不断作废的地址烧焦上午
而更远的阳光倾斜,美丽

切开记忆，冰冷的刀锋悬于空想

最后总是灰色的门口
一个人想起世界，再没有什么
不可逾越，正午的欢悦始于沉默
阳光照亮更远的林子
在那里，我和人们没什么两样

---

* "上午的阳光"容易让人体会温暖，马永波的体会则是"最后总是灰色的门口/一个人想起世界"，这就足以证明诗人的心灵时时处于打开的状态。打开自我，才能有诗意进入。——远人　评

水晶树

我想我该去深山里找一棵树
幽闭的湖刻满鱼纹
树在湖上生长,一棵水晶树
以纯洁充盈我的空虚

锥形的影子伸向湖底
像清凉的火焰
七片圆叶子像七只眼睛
朝向七个方向,迎迓来风

在湖心与岸之间
不断降下白雪
只有一个拾柴火的小姑娘
像歌声,穿越这片空白

季节的轮子停在湖面上
群山渐次变白,额头染上深蓝
像一位位智慧长者
俯身湖面,围绕这水晶之树

湖像一面明镜
树影在镜中生长

我徘徊其侧
为走进那一片澄明
多少时光已经过去

世界本该有这样一面镜子
走进去便不见了
我这辈子都在等待走进去消失或者凝固
像这株水晶之树
不生不灭
无梦无醒
一段静静震颤的虚空

整个冬天，我想着这件心事
站在雪地里慢慢变白
世界不过是一面镜子
生命是一棵镜中之树

---

* 这首诗中的"水晶树"看起来是一棵树，其实未必。从全诗来看，诗人渴望走进某面世界的镜子"消失或凝固"，同时认为"生命是一棵镜中之树"，就已经表明了诗人对一种澄明之境的向往。——远人　评

静谧的好时光

整天都是静谧的,如同夜晚
屋子里只有灰尘的心跳声
白天的时候,对面在修理阁楼
我也想有那样金字塔形的空间
空荡荡,只要一块干净的阴影
可以把自己藏起来,发呆
透过窗口望着远天的一小块发青的痣

那里一定能更清晰地感觉到
阳光的出现和偏移,以及时间的流逝
还有我自己的消逝
那里的阳光一定是一个人的体温
徘徊在一些事物剩余下来的部分
却无法收集起来,以备他日之用

很多时候,寂静将我隐藏在
它灰色的皱褶里,很多时候
世界并不存在,我只是重量和人形的体积
地球没有极地,也没有任何人的观念
像很大很大的严肃的大人,从天穹俯身
掀开寂静那单薄的屋顶,把我找到

2016 年 10 月 5 日

立冬日的雨

海面灰蒙蒙，一片混沌
天海相接，雨使黑暗提前降临
屋子的方头船在起伏
一个房间在船头，亮着灯
一个房间在船尾，吊床摇摆
锡灯压着倾斜的海图
底舱里是一捆捆的书做压舱物
绳索，刀子，帆布，水桶
和一只拖着翅膀的信天翁
也许还有一颗老朋友的骷髅头
发出轻微的拖着脚步的声音
风吹凹的船帆反弹回来
拍打着微微摇晃的桅杆
前桅和后桅的帆都落在了一起
桅顶的一盏孤灯代替了瞭望者
我不时地放下笔，倾听
或是到甲板上望一望风向
一头白鲸从舷墙上一掠而过
在远处升起一根孤零零的铁皮烟囱
船员们都不知去向
或许加入了丛林探险，去了内陆
只有我一个人不时地看一眼罗盘箱

拉一拉绞盘滑轮，又坐回到桌边
任我的方头船拖曳着黑暗的雾气
擦着世界所有的海岸漂过

2016 年 11 月 7 日

---

* 这首诗的名字虽叫《立冬日的雨》，但全诗展现的却是诗人虚构的某个乘船场景。虚构更能反映诗人内心的真实。用虚构与真实的相互渗入，诗人才更适合表达自己灵魂历险的经过。——远人　评

近乎于一种责任

没有人让你这么做,这一行
是每一次都要重头学起的手艺
过去的经验无法成为未来的保障
它无法一劳永逸,每一次
你粗糙的手都必须在一堆
或锋利或迟钝的工具中摸索
每一根词的线条,你都得反复打量
端起来,斜着瞄准,像木匠一样
把红蓝铅笔别在耳朵上
词语的刨花散落在脚边
你偶尔吹去灰尘,停下手
倾听暗中的嘴巴下达的指令
也许一阵苦干,事物才略具雏形
这是一门不是手艺的手艺
它已渐渐失传,技巧只能保证
一个老师傅的失手也令人称奇
几十年的辛劳,也许一天就报销
但是没有人强迫你这样做
词语的构件,是你多出来的身体
围绕着你,像是起初的房屋周围
生出来的仓房和门斗,这些附属建筑
它们并不能让你走向死亡的脚步

慢下来半分，也不会让宇宙的战火
平息片刻，人间的苦难更不会减却分毫
甚至没有人注意到你的工作
可是你依然要一次次开始，写下
这些词语，慎重、犹豫，近乎庄严
仿佛全部的宇宙压在你的身上
于是，你又坐在这里，艰难地写下
一个看不出有什么意义的开头：
今天阳光很好，事物存在着

2017 年 1 月 6 日

---

* 觉得诗歌易写的读者不妨读读马永波这首诗。诗歌可以易写，无非是初学者的信笔为之。对一个真正理解诗学的人来说，每首诗都是重新开始。这首诗不仅彰显了诗人独特的诗艺，还和盘托出了诗歌的真正奥义，值得反复咀嚼。——远人　评

纯粹的工作

用一个上午,写下一个句子——
"夏天的亲人步步紧逼
在每一寸泥土,洒下热泪。"
第二天又把它划去
这些日子我写得少多了
我决心多写一些

"我看见夏天的亲人
像镜子互相梦见。"
或者"我想起去年你在希腊
在采石场沉思的表情。晚霞和牛奶……"
夏天的精力在分散——
云层上灰色的闪光,玻璃上的污渍,蝴蝶
燕翅上的水滴,高塔,海中消失的脚印
看起来事物之间没有太多关联
其间的空隙,完全可以自由穿行

又有一日我写下:事物
只是用虚词松松地连接着
在棋子码成的堡垒后
有人在不断转动纸折的大炮
"夏天的亲人步步紧逼

渐渐露出微笑和牙齿。"
是否我修改了字句，事情就会改变
甚至会推迟时间和命运
可我更关心天气，许多老人在酷热中死去
或者为自己准备一份午餐

于是一整天我都在河上漂流
或者在流沙上散步，踢着石子
仰望"云彩"，"云彩水中的倒影"
和"白色的大桥"，可我依然感到虚幻
似乎我依然在词语中穿行
依然是在一首诗中，消磨

1995年6月17日

---

* 在读者那里，写作多少具有神秘的性质。此诗就是把这种神秘揭开，读者可以从中了解一首诗的产生过程。但了解并不等于读者也能成为一个诗人。诗人是与语言"搏斗"的人，马永波可以把"搏斗"的本质告诉读者，但也只有真正的诗人才能进入"搏斗"的现场。——远人 评

第四辑

世界篇｜纸上深秋

有人在爱着我

有些时刻,我会突然察觉
有人在爱着我,遥远而无名
我不知道她在哪个城市
不知道她说着什么样的语言
不知道她的名字,甚至年纪
可我就是知道,有人在爱着我
当呼吸像发丝拂过我的脸颊
仿佛在向我低语,我并非孤身一人
当倾斜的街道,无人而寂静
下午将一束白色的野花抛进深深的窗口
当微风吹散迷雾,露出后面的柔光
仿佛我曾经爱过一个人
却怎么也想不起她的名字和模样

---

* 诗人是孤独的,诗人总渴望爱。这种爱甚至不是现实之爱,而是被诗歌赋予的一种纯粹的"渴望之爱"。马永波很巧妙地将它反映为远方的无名之爱,使这首诗更能唤起读者的内在感受。它耐人回味的原因是诗人描写的内在意蕴要高于读者阅读的联想,这也是一首诗会令人仰视的缘由。——远人 评

歌：献给萨福和海伦

白日的美人收拾齐整，束起腰肢
她会在门口遇上饶舌的同伴，矜持不语
在女子学校她学习箴言，沉思和行走
采集三叶草，朗诵诗歌，她的笑声
使那严肃的人又悲伤又愚蠢

这目光严厉的美人一天天成长
在风中前进，爱着我们从未见过的事物
她的美拒绝了尘世，嘲弄着我们的热血
她与谁私通，在秘密中沉浸
在幽暗凉爽的内室，她拥有多少白色的衣服

接触过这双嘴唇的一定不应是凡人
谁能揭开他的身份？到黎明
他便是草叶上的露珠，天边的一缕霞光
或者退向浓雾深处的一头波浪
高傲的她怎能向一个血肉之躯屈服

这就是她，将去经历烈火、奇迹和无数个世代
经历无数个男人、英雄和魔鬼
却纯洁得仿佛从未被触摸过。这就是她
挥霍了大海，口含灰烬的河水，骑兵和舰队

让我们在白茫茫的海上历尽艰辛

当回归故乡的明月举起我们的骨头,她依然年轻
纤足越过溪流和白色的山石,寻访隐士
她已忘记我们,忘记她曾是神犯下错误的借口
她的美使落日平静,使河水高过屋顶
时间,星辰,远征,多少鲜血和国土
都化作她的春梦一场

---

* 这首诗让读者看到,马永波的阅读从来不是面对流行,而是深入被时间肯定的久远经典。古希腊的伟大之一,就在于它贡献了萨福和海伦等不朽的诗人和美的化身。马永波为她们写下的,难说是献诗,而是将久远的历史与人类的诗歌连成一体,这使他保持了一个真正诗人应具备的足够宽阔的视野。——远人 评

寒冷的冬夜独自去看一场苏联电影

寒冷的冬夜独自去看一场苏联电影
沾满灰尘的皮靴擦亮你的鼻尖引起宽银幕的骚乱
莫斯科泥泞的冬天田野上布满伤口样的战壕
妇女们鼻子苍白如冻辣椒
她们的头巾在树林后一闪而逝一闪而逝
寒冷的小店士兵们灌下冰凉的啤酒
啤酒在你胃里发酵出一种草味
然后他们扯掉身上已婚未婚的妻子跳上火车
年轻的面庞映在幽暗的车窗
孩子们如鸟撒满草丛，风刮你一身树叶
阳光瘫软的台阶没有人和你交谈
战争拖延到春天，如疟疾忽冷忽热
骑兵沿铁路线往来奔驰，黑斗篷刮得人们闭上眼睛
而电影院里女人如期怒放，你的手微微放松
散场时你和女主角成了朋友，表情崇高严肃
挎着姑娘如挎一支缴获的德国冲锋枪
你一直把她带回家去
经过这个冬天少女已成熟如同妇人
安静地坐在你的书边编织毛衣
随时温暖地回答你的召唤
你不再想起夏天，梦中不再和人争吵
任俄罗斯田野上的战壕一直爬上额头

经过这个冬天,你更加宁静
埋头于工作,像一个大战后幸存的老兵

1987 年 11 月 3 日

---

* 我一直认为,这是马永波代表作之一,将近四十年的时光也没有使这首诗沦为陈旧,反而时读时新。马永波没有拘泥究竟是哪部电影,他的表现手法是从一行行诗句中将浸淫俄罗斯文化的一代国人的内心完整展现。从无数电影细节中截取有价值的片段构成诗歌整体,最后回到自身的写作,读起来能产生身临其境的共鸣。——远人 评

尤利西斯的暮年

尤利西斯回到伊萨卡之后
在儿子、牧猪奴和牧牛奴的帮助下
铲除了王宫里所有的求婚者
潘奈洛佩的挂毯终于织完了
挂在墙上,一棵橄榄树在屋中生长

从此,塞壬的歌声,喀耳刻的魔药
卡吕普索的珊瑚岛和斯库拉
卡律布狄斯大漩涡,比城门还高的木马
还有他那一个不剩消失于幽冥的战友
似乎都成了与他无关的别人的回忆

他感到厌倦。永恒是多出来的一天
缓慢的拖船运载一个身首分离的领袖
巨大的白色石膏像,它躺着指引方向
革命结束了,人们无事可做
都回家睡觉了

尤利西斯成了一个老诗人
在镜子里吃药,发抖,变得模糊
他自言自语,担心寂静把他融化
他甚至怀疑自己并没有回到故乡

是雅典娜为他营造了一个持续的幻觉

他只知道自己越来越衰老
这个四面环海的岛屿让人窒息
于是,他又悄悄地把芳香的杉木小船
那楔形的船首刺入嬉笑的碧浪
只是这一次,他会让陆地一次次后退
这一次他孤身一人,没有目标

2017 年 5 月 2 日

---

* 诗歌是写尤利西斯的暮年,但能感受,也是马永波在面对自己未到的暮年而提前写下个人的理想。"让陆地一次次后退……孤身一人,没有目标"等诗句,都会产生强大的感染力。尤利西斯是英雄,但在马永波笔下,是有血有肉、有孤独和脆弱一面的凡人。史上被称为英雄的,谁又不是如此?——远人 评

开往雪国的列车

这是没有起点的列车
谁也不知道它从哪里出发
它或者是从蓝色的大洋或天空上驶来
世界上任何具体的地点和名字
都不可能承载它的记忆和希望
但我们已身在其中

这是没有终点的旅行
谁能告诉你,童话结束后
还能做些什么,该怎样继续
譬如故事的结尾总是说,后来啊
公主和王子就幸福地生活在一起
那似乎总是意味着单调与隔绝
他们更应该分手,再无瓜葛

也许在森林里盖一间滴着树脂的木屋
或是用爬犁把雪运到山外
把劳动的热气捂住
像用狗皮帽子捂住小白兔
或者就此失踪,和辽阔的寂静对质
也许中途下车是个出路
每一个小站都有另一个你在等待出发

积雪压低的松枝更加阴暗
埋在雪下的列车,窗户低矮
汽笛拉响,烈火熊熊,煤炭黑亮
没有司机,没有乘务员
朋友们在温暖的车厢中联欢
美酒,泡沫,彩带,笑声与欢呼
那些早已不在人世的也默然置身其中

       2016 年 11 月 25 日

---

* 人生是趟旅行。马永波将旅行的工具视为一趟开往雪国的列车,他看得清楚,渴望深入人生的,无不意味着踏上一趟"没有终点的旅行"。当诗人直面人生,才发现人生绝非童话,而是真实的艰难,这也是马永波诗歌最动人心弦之处。——远人　评

黎明的火车

深夜里的火车汽笛声
不知从什么地方传来
隐约，低沉，近乎叹息
断断续续的，隔很久
才会传来同样微弱的呼应
像寂寞的守夜人隔着山谷闪一闪马灯
附近没有车站和铁轨
车站远在紫金山的北面
而且还隔着偌大的玄武湖
这些日子，火车声更加清晰了
它们越过日渐稀疏的梧桐树顶而来
像白霜一样战栗着
黎明的出发和别离
也总是蒙着霜的
譬如在家乡的末等小站
黑漆漆的月台上人影绰约
远方的战栗从铁轨上传来
火车大睁着巨眼，呼哧着白色蒸汽
奔跑到面前，突然停住
那时我年少，陌生的远方，兴奋
黎明前的黑暗和冷

而今黎明的火车

却让我如此犹豫着不愿醒来

---

* 同样是黎明的火车,童年看它和历尽沧桑后看它,是完全不同的感受。童年不懂的太多,所以对未知有憧憬,人到中年后知道得太多,对远方不再陌生,二者的对比使诗歌的张力格外强烈。——远人　评

夜宿拱宸桥畔

两只暗红色的画舫从上游带来了暮色
久久停泊，冒烟，像两口陪嫁的箱子
等待被打开，运载砂石的驳船
从桥洞下穿过，几乎没有声音
船头的灯下，几个白色塑料箱子
养着花，有人在爱着，不为流水所动

细雨打湿灯盏，细雨中无人骑驴
穿门越户，也无人将瘦马拴在柳树下
从黄色包袱里取出诗卷和黝黑的剑
这沿河的柳色隐藏起多少陈旧的事物
它们只有在深夜无人的时候
才发出微弱的光亮和叹息

但依然会有人背靠墙壁醒来
他所支持的东西恰恰在等待他倒下
像一个布满盆景的死胡同
在运河南端，那些不规则的脑袋
像灯一样亮了，直觉一般纯净

我无法拥有一条河那么长的生活
那些骷髅飞蛾围绕我沉寂下来的大脑

不要遗憾,还是把灯关上吧
这就是你的夜晚,这就是世界的方式
秋雨,依然在黑暗中下着
依然消失在大运河的水里

---

* 马永波的诗歌时刻在很多时候是静止的,这恰恰是他深入内心的时刻。这首诗描述的就是他一次夜晚醒来,面对大运河而展开的古今沉思。这类极具个人化的诗歌在其创作中数量繁多,这首依然显得突出,原因是他将感受的触须蔓延得足够深长和细密,令人读来心动。——远人 评

冬天的一只苍蝇

一只苍蝇绞扭着自己细细的手
绞着，搓着，像一个绅士
走来走去，似乎有什么麻烦事
正是寒冬，他从躲避的缝隙里出来
在窗台的阳光中散散步，暖暖身子
他如何度过年关，能幸存到现在
他一定经历过非人的折磨
就像二战中从波兰的冰天雪地
逃出来的一个大学教师
他一个人，冬天的食物匮乏
人类的残渣都是又凉又硬
刚到中年，他就成了个老人
他的家人和朋友都没有活下来
他要一个人度过严冬
我看着他转来转去，忧心忡忡
但在这困境中，他依然保持着绅士风度
我放下本已悄悄举起在他身后的本子
他已经够难的了，就让他活着吧

        2016 年 12 月 27 日

寻找我的萨福

我想在汉语里寻找一个女诗人
我们可以不说话地交流
伟大的诗歌与幸福,那时
我们的诗歌已不是诗歌本身
是空气和呼吸,是绸缎
隔开我们的身体
我们站在明亮的海边
或者有风的山坡上
认识了我她不再需要别的诗人
而我,甚至可以不再写诗
只看她让我看的事物

2001 年 4 月 25 日

---

* 渴望是人性的标志,这首诗的渴望与众不同,诗人在渴望一个近乎不存在的人,但谁又能说这种渴望不具备打动读者的力量呢?——远人　评

我不认识我的灵魂

我不认识我的灵魂
我的镜子照不出他的模样
他是我唯一的朋友和兄弟
他总是忍耐着我,不发一言

他忍受着我的笨拙、沉重和气味
忍受着我固执的念头
阴郁的习惯,他和我一起承受
人世的折磨,疾病和生存的羞辱

我不知道他什么时候
成了我的肉中之肉骨中之骨
他不会出卖我,我却时常背叛他
他总是宽容以沉默
他知道我的本质,和一切的暂时性

我所受的伤害最终都落在他的身上
我的快乐和弥漫在空中的荣誉却与他无关
等到我消失的时候,他才能浮现
他的荣耀超乎万民,在黄金之城

我的兄弟,我的同谋,我的甜蜜的刽子手

你把我一点一点掏空，变成你
不知为了谁，出于什么目的
我替你活过了莫名的一生

2019 年 6 月 4 日

---

* 越是挖掘内心的人，越会懂得自己的灵魂。这首诗不是与灵魂对话，而是诗人自己对灵魂的独白。这是马永波在面对自我和写作时，总能保持清醒的地方。诗人不能清醒地面对自己，也不可能在写作道路上凭借内心的驱动而一往无前。——远人　评

浦口火车站

这个据说唯一的民国火车站
它被保留下来，连同它的
行李包裹提取处，职工宿舍
长长的雨廊，食堂和招待所
它们因为别无选择而安于自己的存在

在废弃的铁轨上你走着
保持着危险的平衡
枕木和碎石间长出了青草
你似乎能走到远方去
这周围九十年代的旧气息让你着迷

空旷的大院，低矮的楼房和平房
人们无所事事又心地坦然的样子
他们似乎不用上班就能活着
存在依然让我们微微吃惊
它们抓住我们，让我们随之一同消失

这些曾经浸过焦油的枕木
也已经变得灰白
像是刺目的巨大肋骨
我们的脚踩在上面

随时担心着空洞的塌陷声

你恐惧着生活
而我恐惧着死亡
这也许是我们，作为两代人
来到此地的原因
我，既不是父亲，也不是情人

那早已消失的火车，像一个急切的
带着某种重要信息的失明者
穿过我们的身体，我们站在那里
看着它消失在青草丛中

        2019 年 6 月 13 日

---

* 从一个车站写到铁轨，从铁轨写到自己的内心。诗歌中显然还有另外的人，但对方是谁并不重要，重要的是诗人认可对方能与其共同接受某种重要的信息，这已经说明诗人与对方具有的共性，而诗歌要表达的也恰恰是诗人与世界具有的相互消失的共性。——远人　评

你是你自己的远方

对于很多人,你就是远方
他们以为你已经抵达了
他们无法想象的世界和风景
而你始终在自己的身体里
你见过的青山碧水,大漠云天
都成了你再也抵达不了的远方
哪怕你再一次去到那里
它们依然无法变得真实
就像一艘帆船,在茫茫海上
越来越远,却好像在慢慢沉没
你是你抵达不了的远方
你在你所不在的地方生活
你一动不动地旅行,像一个空座位
你既抵达不了任何外在的事物
它们只是潮水,不属于礁石
你也无法深入自己的内部
把里面的天气,像旧毛衣反穿起来
你本身并不存在
你是你所经历的一切
入夜的风雨,远方的晴空
你呼唤,回答你的
总是一个陌生的邻居

你是没有门框和枢轴的门
你打开,你关闭,远方都会砰然一响
你在此地和远方之间
如同一根松软的卷尺
不停地丈量,折叠和缩短
但永远无法将距离压缩成一个球果
一个枯萎的暗黄色的宇宙,在落叶中
向远方和你自己的虚空滚去

---

* 写作究竟有多远?马永波在这首诗中有自己的回答。在很多读者看来,马永波已经走到了很远的境地,但在诗人看来,他依然感到远方的不可穷尽,甚至感到更远所带来的虚空。这也是所有思想者到达的某个境地。虚空并非就是贬义,而是人生必然的某种体会。能把这一体会表达出来,也正好说明诗人抵达的地方已超越常人。——远人　评

我承认

我承认,我来到人间就是为了受苦的
但永远比不过你所受苦楚的万一
我承认,我始终活在
你永不结痂的肋下的伤口里
在你的血里睁着并非无辜的眼睛
我承认,你已经给了我永恒的福分
我却依然仰望每一扇透出灯光的窗口
尽管那里可能同样弥漫着不安
我承认,我终将是天使荣归
却还在时时希图人间的锦绣
我承认,我还没有打完这场美好的仗
却已经在致命的疲惫中期盼
早日回到你的座前,你的翼下
我承认,人世就是一场冒险
却时时止步,不敢向黑暗纵身一跃
我承认,我负有秘密而崇高的使命
却常常不知道自己走在什么样的路上
我承认,你与我同在
在渐渐委顿的炉火对面
在清晨的薄雾,在空荡的广场
在午夜凶猛的寂静中
在每一个来自天空的词语里面

我承认,你就在我身体的殿中
我却依然不懂得珍惜自己
我承认,你和我一起哭泣,疼痛和欢呼
在人群,在幽谷,在天涯
你都保守我,安慰我,我承认
我曾和你一起,历尽沧桑和宇宙的巨变
我承认,我将死去,为了让你得以成长

2016年9月6日(于哈尔滨太平机场)

---

* 马永波这首诗让我想起里尔克的《祈祷书》,同样是祈祷,马永波的祈祷更像将自己内心的隐秘之语和盘托出,展现出诗人极为真挚的内心种种。在他的诗中,动人的是词语,更动人的则是他的情感。——远人 评

酒神颂

诗人爱酒,自古皆然,
诗与酒似乎是一对恋人,
总是密不可分,形影相随。
酒使人忘忧,诗使酒生辉。

诗人乱发纷披,携壶奔走,
忘记了风雪,忘记了世界,
甚至忘记了自身,只在一种迷离中,
执着地感受生命存在的诗意。
他兀然而醉,恍然而醒,
视通万里,思接千载,
与充沛于天地间的浩然之气融会贯通。

他纵浪大化,俯仰自得,
狷狂气度,恢宏情怀,
忘情江湖,笑傲东轩,
在梦与醉中体验永恒,
在诗与酒中品味人生。

酒,可以白得纯净,如远古的冰山,
酒,可以红得热烈,如丹心碧血,
酒,可以蓝得深沉,如浩茫宇宙。

可以对酒当歌，发有限与无限之浩叹，
可以举杯邀月，品灵魂独在之清幽，
可以连雨独饮，忘情忘天又忘言，
可以让英雄怒发冲冠，把栏杆拍遍，
也可以让人比黄花瘦的美人，
坐忘清秋，不知晚来风急。

诗人爱酒，爱的是酒后微醺时，
世界露出的蒙娜丽莎的微笑，
诗人爱酒，爱的是酣畅淋漓时，
人与人之间打破了藩篱，
自我的边界模糊，融合，
如同泡沫与海水。正所谓——
"不觉知有我，安知物为贵，
悠悠迷所留，酒中有深味。"

人生似幻化，有酒斟酌之，
设席东篱下，悠然任天机。
邻里不相见，拨草互寻觅，
气质各不同，持觞抗言语。
醉中岁月长，不觉日迟迟，
芳樽犹觉浅，只缘情相系。
故老知我心，相携云山里，
白云满襟抱，遂我清栖意。
一扫尘垢气，吞吐大荒志，

休此浮生梦，山月与人齐。

2017 年 8 月 15 日

---

* 在中国的诗歌中，酒历来是极为重要的元素之一。我印象中的马永波并不擅酒，但不妨碍他与生俱来的"酒神"精神。这首诗也是难得一见的痛快之作，甚至在诗歌的后半段，他还使用了古体表达，这些无不说明，在诗人那里，酒也是豪情的象征，就看现代人该如何表述这一豪情了。——远人　评

葡萄酒颂

它让你慢下来,慢下来,慢到你同时看见
每一个点点滴滴的细节
都是一个完整的宇宙
它让你沉醉于光色形影的自由嬉戏
感动与忘情,无物无我,泯善恶,齐生死

曾记否,葡萄园,是挪亚走出方舟
最初耕作的土地上,最为明亮的风景
衬托着高加索灰色的长天和黑海的白浪
那些葡萄的血液和精华,是有生命的躯体
是天地人完美的结合
具有无可比拟的灵性
每一杯都荡漾着整个爱琴海的光辉
每一滴都是一座住着仙人的忘忧之岛

酒神狄俄尼索斯曾用葡萄的藤蔓束起发髻
用一尘不染的叶子装饰发烫的前额
静观他那些情窦初开的侍女提起裙裾裸足而奔
用酒杖刺戳和拦阻穷追不舍的男丁
奥德修斯曾将它进献给波吕斐摩斯
趁机弄瞎了这独目巨人的眼睛
逃出堆满大块金黄奶酪的山洞

回到伊萨卡，成为人类漂泊与还乡的典范与英雄

荷马盛赞葡萄酒让人恢复健康的力量
医圣希波克拉底把它纳入大部分的处方
犹太教经典《塔木德》称其为百药之首
《新约圣经》中的使徒保罗，给弟弟写信说：
"不要只喝水，喝点葡萄酒，
以便改善你的胃痛，避免频繁生病。"
苏格拉底说，葡萄酒能抚慰人灵
让人忘忧，恢复生机，重燃生命之火
小小一口便会如甜美的晨露
渗入我们的五脏六腑
罗马哲人老普林尼坚信真理就在葡萄酒中
医学大师伽林把它倒在伤口上为角斗士疗伤
士兵出征，带着武器也带着葡萄苗
微生物学之父巴斯德认为
葡萄酒是最健康最洁净的饮料

君士坦丁堡大主教克里索斯托则告诉我们：
"如果以最佳的节制来饮用
葡萄酒就是最佳良药。"
所以啊，诗人赫西俄德饮酒时要加入三份的水
爱喝烈酒的荷马为了完成他的史诗
得用二十份的水来勾兑杯中物
诗人优布罗斯则用三只碗勾兑出了温和

"第一碗盛着健康,可以一口喝掉
第二碗盛着爱和快乐,第三碗是睡眠
喝完三碗,明智的客人便回家
第四碗则不再属于我们,而是属于失态,东倒西歪
第五碗是骚动,第六碗是醉酒狂欢
第七碗是鼻青脸肿,第八碗是警察来访
第九碗是身体不适,第十碗就是疯癫狂乱和投掷的家具。"

卡拉布里亚蜂蜜色的松香
让葡萄酒不会自动变成酸醋
而是开启人的五感
让梵高抱着鼓鼓囊囊的酒瓶子醉倒在人行道边
让莫迪里阿尼每画上一笔,就大喝一口
让培根在画室里踉跄而行,如同盲人摸象
它也能让毕加索临终前再饮上一杯,为了健康

葡萄酒,这《圣经》521次提及大名的圣物
在最后的晚餐,它是基督救赎的宝血
那些白衣修士,用舌头品尝土壤
以耕种出不同风味的果实
七千年的历史如巨人阿特拉斯
跨过被累累垂垂的葡萄压弯的屋顶
美丽、安静、纯洁,这处女一般的葡萄
一旦经过同样纯洁的双足的践踏
再和黏稠如蜂蜜的阳光融合
就会具有鲜活的生命和品性

而在我华夏大地,当其朱夏涉秋,尚有余暑
当其酒醉宿醒,掩露而食
这洁净如零零荷露的葡萄,甘而不饴,冷而不寒
味长多汁,解渴除烦,当其酿以为酒,则善醉而易醒
让人恍兮惚兮,若有物焉,荡开胸次,别有襟怀

醉韵残妆,杨玉环便是春睡未足的海棠
正如葡萄是酸的,葡萄酒却是少有的碱性
它缓解疲劳,改善睡眠,抗衰老,助性情
只是不要贪杯,贪杯,你也成不了春睡的海棠
只能杯盘狼藉,比杨玉环还要狼狈三分
它需要的是品,是细致的香气、味道和质地
喧闹中的推杯换盏,牛饮狂吸,就只是解渴的蠢物

闪烁而不灭的浪漫的烛光
闪烁而不定的多情的眼色
最好是在一座粗糙原石垒成的古堡
最好是斜对着整面墙壁那么大的
绿色盈盈的落地窗
最好是让下午倾斜的阳光
照亮你的爱人那陡峭如同秋日悬崖的半边脸颊
低垂的眼睫下小小沉思的阴影

偶尔的轻声细语,长久的会心沉默
没有不请自来的杂念
没有尘世变迁的消息

有的，只是透明的情愫

有的，只是隔空相望的寂静

是时间清脆的结晶之声

是白色窗帷轻轻飘动，舒展皱褶的温柔

是黄金山坡的走势，是越来越深的幽暗中

橡木桶微微的膨胀，和渗进每个毛孔的芳香

酒在杯中醒着，你在世界中醒着

万物如杯沿的泡沫，你就是巨人

弯身于大海中央，拾起自己的脚印，如同白色的石头

正所谓——

浮生若大梦
芳醇聊为生
贤者今何在
江花逐月明

紫珠覆颓垣
红雨犹自清
本真存浩气
朴厚有至醇

穷达莫相问
雅俗本性灵
择善随天机
百技逊一真

炎凉难自料

无为阅枯荣

酒色非我属

杯尽忽旁通

内外泯分别

大道人为重

饮啄非前定

福寿可双成

2017 年 10 月 17 日（凌晨 1 时于南京孝陵卫罗汉巷秋雨中）

---

* 如果《酒神颂》是马永波向中国古典致敬的话，那么这首《葡萄酒颂》则是马永波向同为古老的欧洲文明致敬。两首诗的相同之处，是分别以中国和欧洲为中心，同时分别注入了双方的文化因子，这使马永波的视野在东西方的共同照射下显得格外开阔。——远人　评

不系之舟

1

波浪传递着我丝绸般柔软的语言
传递着我在泥土间获得的优美心跳
传递着我海洋般巨大的宣言
一次次的崩塌和瘫软在沙滩上的风暴
一次次迅猛的潮涨
决定了我险恶的命运和刚性的意志
从红马群似的涌浪中高举
我明朗而且肃穆,明朗而且肃穆

2

仿佛不是为了告别
为了你手臂间的花朵
在短暂的回顾中蓦然丰满
不是为了告别,小桉树低垂的眼睫
彩色的巨石和匍匐的茅屋隐入黑暗
不是为了嘱托
问你可为我在青烟缭绕的一瞬
美丽地垂泪
我是不系之舟
解开缆绳一支支挽留的手臂
在你目光和足踝照耀过的地方

渐次没入大地的血脉

3
没有道路，只有我永恒的向往
只有我不朽的龙骨，没有道路
我把心埋在每一片柔软的浪花下面
我相信那夜之苦难的阴影不会
绝对不会永远垂落在这忧郁的时候
纵然世界是混沌初开
我也要让天展为天，水铺为水
让燕子拥一群春风静静等待
将美丽的曲线布满因摩擦而发热的空气

4
记忆温暖而透明
我该怎样为那明媚的记忆而欢乐啊
颤抖的光辉，颤抖的阴影
那对于世界背面无人之境的向往
岛与岛，海峡与海峡
因为我而逐渐靠近
也许我的兄弟们，那些正直的红松
那些被痉挛地锁在大地上的巨龙
永不能如我一样和命运美好地搏战
它们一生都在向往啊
却只有自己的阴影指向黎明

5

多么沉重多么悲壮啊

历史选择了我,选择了我狂喜的激情

带着对土地的怀念

怀念那些紫丁香屋檐下脆生生的喧叫

和葡萄一起成熟的夜晚

那些黑色男人和淡粉色脚踝的女人

和我那香蕉般贪睡的少女

怀念使我的血液旺盛而年轻

只有目的,只有目的,只有目的

我这不系之舟

纵然岸边有玫瑰和栈桥热烈的手臂

有镀金的阳光、酒及港口

我都拒绝停泊

6

不是喜爱流浪,虽然苦难是经验

不是厌倦了桃金娘花影里的悠悠小憩

是历史选择了我,没有原因

如暴雨部落选择了纯洁的女巫

我在崩溃的乱云中轰然站起

把那一座座冰冷的站台甩在我身上吧

把那香案上一世纪又一世纪腾飞的梦想交给我

即使沉没了,也将举起标灯

滑出未来的航向

7

仿佛和世界脱离了感觉

感觉不到寒冷和颠簸

纤绳的引导也进入不了我的意识

只有目的，目的，目的

只有无极，无极，无极

而有一天，岸重新回到我的思想

我感觉流动，感觉焦渴，感觉呼唤和风

我会从此停靠那花朵开满的岸吗？

8

耻辱的记忆不会因早晨的钟声如阴影滑落

就让那怒涛永远撞击我的前胸吧

漂流，漂流，漂流

直到神奇的传说为我而留传

直到我那突然记起的少女

和一群阳光般的孩子骄傲地幸福

从彩色大厦中涌出

我会从无极返有涯

滞留一个六月的夜晚

把爱交给她臂弯里的花朵

然后悄悄离去，离去

我的光荣和梦想

永远写在水上

1984年11月21日（于西安交通大学）

纸上阳光：给一位青年诗人的信

秋天的阳光泼在我的桌上
在这样的早晨不应该再悲愁
不应该辜负这美好而短暂的时日
辜负这似乎只能用心去倾听的阳光
蘸着阳光写下的字句，是为你的
也是为我的，当然也是为这个世界的
它应该透明如水晶，轻柔如草间的影子
纯粹如宝石里隐现的光芒
是的，不该再悲伤了
秋天很好，世界浑圆地高悬空中
你很好，还有我

在这样的日子，写作与否都无所谓
黄花在触到嘴唇之前即已枯萎
它们别有所爱，它们的芳香
凝结在松树的一角，向另一个季节
悄悄地滑动，哀悼着，为自己难过
可以随便走走，这样的日子并不很多
也许半个月之后，或者更短
就会阴雨连绵，连月亮也极难见到

秋天就会一场雨一场雨地冷了

包括我们流动中减速的思想
那时，我们只有关在屋子里
那狭长的白色小屋
重温酒神狄俄尼索斯清明的智慧
听窗外的柳树落叶纷纷
想起天涯孤旅，无人的野渡
和一个早已过世的朋友

在这样的雨夜，这样烛影摇红的寂静时光
杯子将疲倦得如高处残余的果子
一件疲倦的衣裳。你要推门出去
让雨打湿你大麦般的头发
洗黑你热气腾腾的胸脯
在你的舌头上刺绣
你要记住我的话，你要想起我
想起这诗的季节，我的季节
你要孤独一阵子

你要在经过那些雨夜的窗口时仰起头
得到瞬间的温暖
你要祝福那些在灯下展开的生活
然后走开，像一个阿拉伯人，一个印第安人
你要去到那间黑色的大屋
默默地坐在人们中间
听雨的话，接受我的祝福

然后回去,像另一个人一样
回到往昔的生活
你将发现一切都已改变
雨不再是雨,我不再是我
你将在黑暗中摸索着写下一些文字
到黎明它们就会了无痕迹
可你发现它们已种在你潮湿的心里
早上,那些书会自己打开
那些字迹凌乱成一团光影

你会感到自己许多年前
曾经有过这么一种感觉
那些书滑如丝帛,以一种永恒的方式打开着
你不去读它,你知道一定有人
在某个地方,偷偷在你之前已经读过
那时你就笑一笑吧
窗外的阳光一定很好
你的心一定安静得像一片新鲜的雪地

是的,这样的日子,我们是宁静的
这是一种智慧,像水
或者以坚硬刺穿我们的光
宁静包容一切,它也是一口陷阱
任何事物都沉浸在里面,化为灰色
多年以来,我一直企望自己的诗
能达到一种包罗万象的宁静

它恢宏、沉寂,什么也没有
又似乎产生一切。它是嘹亮的一声
太嘹亮了,以至于耳朵无法听见
而和谐的心灵会听到
那被放大了的万物之上宇宙宁静的搏动

一种澄明之境,从古至今
只有一个人接近了它
那就是高古的哲学诗人荷尔德林
可惜他中途掉进了疯狂的泥潭
可什么叫疯狂
从这位精神病人隐居的屋子里
整整三十五年,邻居们
只听到优雅的琴声,难道这叫疯狂

那个境界里无人居住
连荷尔德林也不得不以发疯
来保持自己的人性
没有人能在接近那个境界时不会浑身发抖
像靠近雷声的云朵,像午夜里的水井
而有一天真的抵达了
我就会把竖琴系在柳树上
那时我一定很老了,连笔都握不住
可是朋友,你相信吗?
这个瘦高阴郁的老人
他的心里充满光明

我的朋友，我们都在为一个模糊的东西活着
它巨大像烟雾，它是死亡的噩梦
也是祈求永恒的冲动
早上穿鞋时，你会在鞋橐里
踩痛它的尾巴和一只绿色的蛙形小脚
别怕，我的朋友，不用怕
它是柔软的，还发出呱唧呱唧的声音
瞧，它在微笑
原来，它就是我们自己
是一种神秘的直觉
它无相无形无声无色，而又无处不在
把握这种神秘吧，因为
它就在你的内部，是你的本质

可是我们太难了，内与外的
精神与物质的。我们被夹在门缝里
诗已经断送了我们的过去
正在断送或几乎断送我们的前程
你有些退缩。我无法再说什么
你有自己的生活，你要穿上一件
合体的衣裳。人人都这样
我不忍心打扰你的平衡

可是诗，是一件从天而降的衣服
裹住你，无论大小，你都无法挣脱
这生存终极价值的追问
即是噩梦，即是世俗欢乐的终止

和无尽苦难的开始
可还是得追问啊，还是必须写作
为了有一天我们能真正地活着
为了那无时无刻不在启示着光明的存在

人们看不懂我们的文字
可对于我们，它们严谨得如同逻辑
他们的眼睛只看到魔法
而看不到花的芳香
他们拒绝注视，而不是真的丧失了选择能力
这是一种幸运，是我们仅有的财富

我的朋友，你离我这样近
可我宁愿在纸上与你交谈
在过去的日子中，我们已经谈了许多
或者什么都没有谈，一如今天
可你瞧，阳光多好，我要出去走走
随便想想这个秋天。你最好也如此

1990 年 11 月 8 日

---

* 这首长诗表面上是写给一位青年诗人的信，但它更像写给马永波自己，也是写给一代人的信。这首诗以信的方式，也以自语的方式阐述诗人对诗的理解和渴望，以及诗歌自身蕴含的魔力。它让读者从中体会诗对马永波个人的影响以及他为之奋不顾身的投入。究竟什么是诗歌，从这首诗中可以读到马永波给它的定义。——远人　评

我生死相依的泥土

用黑麦田流出远古奥秘的鱼纹陶罐
用消逝的足音，我的东方太阳
用远去的我古老部族鱼血的图腾
用祈雨合唱女巫灼热的舞蹈
用挤着十万大山的村庄
井台上黎明的紫燕和槐花
用掌纹般的车辙毫无道理乱流着的水
用矢车菊车前子滚滚的洪流
我日午的静谧中用草盖住白胡子的神话
我的江河般起伏的丘陵蒙古马守卫的草原
用我升起的帆、滑冰的云和这天空覆盖下所有的牛群
羊群鹿群鹅群和被霜风腐蚀了娇嫩面容的
我姑娘追的豪爽粗犷
用所有汹涌的力量粗鲁的豪情
揉合一个你，我男子汉生死相依的泥土
我的不会流失的阳光甲板

比炭还黑，麋鹿的轻蹄也会踩出油
如同我七月的姑娘们
在木桶里用楚楚动人的脚
践踏那一串串成熟得发酸发紫的葡萄
在多汁的季节酿造我们牧人的琼浆

土地，只要有雨水和爱情就会不停地生长
也有深黄鹅黄，任你种上一缕阳光
也会兴致勃勃地结出饱满的玉米棒子
也有绛红赭红，是太阳冶炼了一万个世纪
会磨出铁，会从草帽上走来排排绯红的高粱
土地的馈赠，不只是蛋白质加空气
还有爱情，也有力量

伏在大地上，我的手指就是树根
吮吸红色泥土下的火焰
我的硬骨就是山岩
伸入盆地密集的脉管
我的胸膛是海口一般的平原
浮着盐花花发白的露水
而我的肌腱，那喷射瀑汗的力量
就是一道道起伏的山岭
在晃来荡去的天空下
我永不向往鹰族的子孙
一生的道路铺在荒凉的云上
我是泥土的另一种形式
我的血脉中有阳光更有地球深处的岩浆
我的眼睛，与其说深藏着一个海洋
不如说，是一片处女地

躺在蜜蜂嘤嘤的草丛
我离那些金甲虫和小花朵的影子是那么近

在这世界上也许只有这些和土地最近的生命
才能理解我标准土地型的爱情
那些云,那些穿滑雪衫的云,很轻很透明
它们离太阳很近很近,没一丝灰尘
可我,这条不会飞的龙,永远拒绝
那轻浮的自由,毫无意义的纯净
我相信,我会像我头上长草的祖父一样
变成弯弯山梁上
一棵黄皮肤会唱歌的树

早晨八点,我和太阳
站了个最明亮的直角

如果说我是妈妈的儿子
我会摇头,我属于大地的辽阔
我该去恋爱了,所有的阳台都停着轮太阳
我该去流汗了,穿上油腻腻的厚重工服
我该去敲响一扇扇等待的门
让世界,走进所有心的居所
带来露水、紫云英和齿轮的合唱队
我还要去做儿子、做情人、做父亲
你也要去做女儿、做伴侣、做母亲
将来我一定,把儿子们种在这原野上
让所有从未开过的花
落满他们的手臂和肩头
土地,就会有好多好多的儿女

好多好多希望

好多好多不愿飞的龙

好多好多泥土味的太阳

1984年10月24日（刊载于《草原》1986年第6期，第一次公开发表的作品）

---

* 这首诗充满扑面而来的青春气息。作为马永波公开发表的处女作，今天读来，能够体会到当年踏上写作起点的诗人已具有开阔的视野和盈满胸腔的激情。令人惊讶的是，大多数人在数十年后回顾最初的写作，会有某种不成熟的感觉。马永波这首则不然，或许，这也是他作为一个天生诗人的才华体现。——远人 评

附录：相关评价辑录

一个人一辈子写几首好诗并不难，难的是撕下所有的日子去写诗。永波为中国当代诗歌殉难般的坚守，成就了他独一无二的精神高地。我俩都曾用诗歌做赌注，在世俗的洪流中逆势而行，但靠岸显然不能靠人间的力量，更遑论占据高地。我开始相信，是超越人类的更高生命灵性选择了永波，让他几十年如一日地创造出了凡俗所无力构架的独特文本——我们称之为"马永波诗歌"。

——顾宜凡，诗人、博士、教授

永波是天生的诗人，作品抒情沉郁、凛冽俊朗，是我们这个时代里最出色的歌者！

——仝晓锋，诗人、独立编导、教授

他的开始像脱口而出，他有空中抓物的能力。在另一条线路，在常人之外。在飘忽中他像有五只手按住了斑斓的蝴蝶。他就那样开始，也是叙述，在色彩中他有种清醒。就那样坚定地说下去，像扎染的丝绸给人些惊奇。

——邹静之，诗人、剧作家

90年代滥觞的所谓"叙事性"手法,马永波是重要的源头之一。而这一点恰恰被评论界忽略了。

——周伦佑,诗人、评论家

从囿于固定立场到建构面向事物自身的因缘之诗,是当代中国诗歌最重要的转折。作为推动这个转折的代表性人物,马永波对汉诗最大的贡献是通过多样化的语言实验使之具有了复杂的结构,使向来以单纯著称的汉语走向自我指涉和自我映射,可以在言说世界的同时反观自身。这种由汉诗的革命推动的汉语的革命必将改变中国人的致思方式。因此,我不同意当代中国诗歌已经没落的说法。阅读马永波的诗歌对于包括我在内的读者来说是精神上的极限运动,由此而产生的快感和痛感都是平常的阅读所无法比拟的。我能够猜到马永波为了创造面向事物自身的因缘之诗付出了多么艰辛的劳动,故而我要以读者和评论者的双重身份向他致敬。

——王晓华,教授、博士生导师

与北大无关的马永波,在独立潜进中形成了技术派写作的另外一族。这位1986年毕业于大学计算机系,翻译了大量英美现当代诗歌作品的诗人,似乎更有理由在写作的技术性上放胆逞强。然而,他的写作却极少技术贵族的冷漠与自矜。他在《小慧》和《电影院》中,以典型性的细节,对一个敏感少年与"女同学"间温情的往事抒写,在唤起公众性的经验共鸣的同时,更萦回着个人化的沧桑岁月的悠长沉湎。而他的《伪叙述：镜中的谋杀或其故事》，则无疑要在极端的技术指标难度中——类似于西方心理分析性侦破电影的框架内，植入心理学、病理学、物理学、精神分析学等元素；在这种综合形态上，呈现处理复杂材料的能力，解析当代人复杂的心理意识世界。以上这种学院背景的技术性写作，是中间代诗人奉献于当下诗坛的重要写作成果，它将80年代文体技术上的实验性，推进到已呈稳态的常规性写作，并且在与当下生活场景的联结中，获得了稳固的底座支撑。

——燎原，评论家

从遥远的东北传来黑暗、冷冽、坦荡的钟声，回响十方。马永波的诗质迥异于齐鲁、荆楚、巴蜀、吴越、台闽诸地域文化，风格独绝另出一系。……在马永波的诗里你可以感受到探求存有实相永不停歇的饥饿感，不存一丝侥幸，不企求救赎，没有可变空隙的严苛生存造就了马永波正向存有的勇气与决心。层层揭示、内外思量，以多重视镜的复调写作深入黑暗与寂静，照亮死亡与生命，尚有无可比肩的彻骨之寒。他的诗清肃、大方，精神主体坚实磁场开阔，富有北方寒地清冽的气息，为汉语诗歌开拓了一个辽阔得无法估量的神秘诗境。

——黄梁，台湾诗人、评论家

他的诗用他的论文《客观化写作——复调、散点透视、伪叙述》去解说最为恰当，他是把理论与实践结合得非常好的写作者。应该说在六十年代出生的诗人中，他在技术上最过硬。记忆尤深的是他的那句话：既然不能改变世界，就改变看世界的方式，也许方式的改变会带来世界的改变……

——梦亦非，诗人、评论家

译著颇丰的诗人马永波，他的诗作有些确实透出他对西方文化的熟谙。但《伪叙述：镜中的谋杀或其故事》《默林传奇》这些诗作中西方文化语言、典故的运用恰到好处，使这些长诗在实验性、叙述性的同时充满了智慧的转折和阅读的戏剧性、趣味性。在《小慧》《眼科医院：谈话》《电影院》等诗中，马永波显示了他以长诗把握经验现实的能力。他的长诗一方面是充沛的激情，另一方面是足够的材料，这些材料由一连串叙述性的场景构成，这些场景是历史的，也是写作中的想象，又是在此想象中的继续生长和机智的思忖。虽是长诗，但却因处处显露作者对细节处的精妙想象和叙述的智慧，读起来并不觉得冗长、晦涩。如此多的长诗和轻盈、机智又不失凝重与丰富的叙述性，使马永波的诗歌在当代诗坛显得别具一格。

——荣光启，教授、博士生导师

马永波则摇动纪录长镜头——一种叫作"伪叙述"的视镜。切换、对位、疏离……带来客观"平远"又不失质感的效果。语像、细节,与碎片互动,散点透视调度散点式谈话"景深",配合拨弄着复调曲式。体现作者敏于捕捉与剪辑的功夫。此种"拍摄",触动我们诗歌的微缩小说写法的可能,这是诗歌对外扩张的努力。

——陈仲义,教授、评论家

　　读完书中的几首长诗,才发现这是一个窥见长诗写作秘密的写者——长诗的构建关键在于叙述的脉息。初读马永波觉得他的叙述方式似曾见过,继而恍然明白他本是这种叙述方式的始作俑者,我在其他场合看到的别人的诗歌不过是受他的影响而已。在他的"伪叙述"中,真相与假象、怀疑与确信、抒情与叙事、对白与复述等多种手段错综并用,又以叙述的语气为主干保持着长诗的脉息贯通。马永波的"伪叙述"对诗歌写作来说无疑是一种很有意义的创新,他不仅是切入诗歌的角度在技术上与众不同,在创作的态度上也是对自我的不断挑战。另外,他那种不完全口语的叙述方式,能够给阅读带来一种快意。

——探花,诗人

　　马永波的诗以精致的感性发掘和繁复多变的视野转换,准确、"对位"的叙事安排见长。其诗由纯然的感觉表象而追逐"思想"的穿刺力量;在"变调与重奏"的交响中,以现实与虚构、抽象与具象、分析与抒情的自否与互否、平行与交错,自由组接其光滑"平远"的话语圆镜,相当完整地提供了一幅观察自我(进而是我们的时代）的命运画图。

——赵寻，教授、评论家

    马永波是当代汉语诗歌写作者中少有的在技术手段和精神质地上都达到一定境界的一位。他对复调、散点透视和伪叙述等技术手段的纯熟运用，使他的作品具有了多重结构的感知特征，这与他对记忆和想象事物的揉合、掺杂、混淆，以达到某种普遍的共时性效果的意图，有着形式上的一致。

——刘泽球，诗人

    马永波的叙述探索和"经验"写作总是迫使同辈人关注，其作品本身的复杂性既带来了赞誉，也引起了一些不得要领的非议，但这一切都不能从根本上改变诗人内心的指引。……许多口语诗之所以伤人胃口，关键就是精神力量的缺失。马永波的作品使任何一个明眼人都可明显地感到那轻微控制下汩汩涌溢出来的宽广、自由的纯正精神，其充盈、厚实的高贵和沉着阔大的悲哀使我们不至于将其与那种口语诗混淆起来。可以这样说：马永波以一种冲逸深沉的"新口语"表达了以前的口语诗不曾很好表达的人类个体的基本灵魂。如果我们想到当下诗界口语传统的日趋衰减，便不难明白马永波确实选择了一条危险的诗歌道路，它的可贵价值也正在此：这种选择需要作者极大的智慧、勇气。

——哑石，诗人

马永波有自己的特有技巧——伪叙述，并且有意识地让它上升到方法论的高度，这一点正是其他诗人所缺少的：大家都在使用着叙述，却很少有人从这种叙述中走出来，去打量它、改造它。而当马永波一旦拥有这种非私人化却与自身的生命、创造密不可分的技巧，他的诗歌便获得了独立的力量，比如他的《小慧》《眼科医院：谈话》《本地现实：必要的虚构》《伪叙述：镜中的谋杀或其故事》等。这种伪叙述的力量使马永波的诗歌文本与日常生活在对话，文本本身也在对话，现实与智慧的思考互为观照。读到他的诗，读者会立即感觉到：这是马永波的诗，这些诗中有着与别人的诗、别的文体相区别的方法。

——梦亦非，诗人、评论家

"伪叙述"是在充分反思当前写作以及考虑未来写作途径的基础之上产生的欲以客观化之叙述呈现本真状态和世界可能的存在，并进而通过修补以往叙述诗学的方式而产生的一种写作策略。它既代表着诗人感受世界时自我意识的高级阶段，同时，也是诗人在主体感知与世界空间断裂之后的一种产物。这里不但隐含着一种写作上的境界，而且，也无疑在探索的过程中寄予了诗人在写作上的一次反叛。……相对于曾经束缚于诗歌中的意识形态性以及90年代"个人化写作的知识谱系"，马永波的写作无疑可以代表90年代写作的一种走向，而且，由于其叙述的最终目的是在于修正曾经的叙述诗学并面向丰富无垠的世界，所以，马永波的诗歌无疑就值得读者予以驻足关注了。

——张立群，教授、博士生导师

马永波的诗集《词语中的旅行》，给我一种极为温暖的感受，这种感受绝对不能在现实中取暖。在我看来，马永波有一种超强的还原事物温度的能力，他能够让时间减速，让阅读者和诗人一起来接受回忆本身带来的温暖。从这个角度说，马永波将词语变成了火柴，既能通过词语的燃烧照亮他所捕捉的事物，同时又能通过词语的热力激发事物温暖的心跳。因此，马永波的这部诗集犹如一条明亮的河流把事物和我们的内心连接起来。通过阅读，我们会不由自主走进魂牵梦萦的记忆之河，其间波光闪闪，记忆的船只在波光中飘荡过去又飘荡过来，映照出词语最温润的面容，一种温暖的流动不息的诗意旅程。

——邱正伦，诗人、评论家、教授、博士生导师

很长一段时间里，我都以为《迷途》是一首情诗，而偶读商略的文章《隐居与迷途——略说马永波》，似乎有了一些相反的验证。此诗出自组诗《凉水诗章》，标注时间是2001—2006年，那段时间正是永波人生的一个过渡期，从一位铁道部哈尔滨车辆工厂的工程师成为哈尔滨师范大学的文艺学博士，这二十年的磨难，终于让他成为一个优秀的诗人和学者。

"回忆中很多又很少的往事，已经离开这个世界的

朋友们，小慧（崔先慧）、麦可、王炳克、宁春兰……还有依然活着但在我的生活和生命中已经死灭的人们，我纪念你们，就是纪念我自己。"对诗中的主体"你"的理解会直接影响对这首诗主题的判断，读诗就如同游走在"小径交叉的花园"，"你"可以是《小慧》中的崔先慧，可以是《你以你的痛苦安慰了我们和时代》中的韦尔乔，也可以是"死灭的人们"，甚至可以是尘世中的万物，"你"彻底被泛化，或者可以说，诗人本身已经足够"卑微"（与万物化而为一），正是这种"卑微"让诗人能够直接面向事物本身，他说，"我还在山中和流水、树叶、蜂鸟纠缠/ 以为你还在我身后，林间的光线一样/ 悄悄移动"，多么美好。

——风卜，90后诗人

图书在版编目（CIP）数据

不系之舟：朗诵诗集 / 马永波著. —北京：中国国际广播出版社，2024.3
ISBN 978-7-5078-5538-8

Ⅰ.①不⋯　Ⅱ.①马⋯　Ⅲ.①诗集－中国－当代　Ⅳ.①I227

中国国家版本馆CIP数据核字（2024）第062081号

不系之舟：朗诵诗集

著　　者	马永波
责任编辑	梁　媛
校　　对	张　娜
版式设计	邢秀娟
封面设计	Guangfu Design｜王广福

出版发行	中国国际广播出版社有限公司［010-89508207（传真）］
社　　址	北京市丰台区榴乡路88号石榴中心2号楼1701
	邮编：100079
印　　刷	北京启航东方印刷有限公司

开　　本	880×1230　1/32
字　　数	140千字
印　　张	6.25
版　　次	2024年4月　北京第一版
印　　次	2024年4月　第一次印刷
定　　价	45.00元

版权所有　盗版必究